懲教家鎖

父母遺忘的邊緣孩子

彭梓雅——著

自序

離開懲教署之後，即使生活再忙碌，總有一些時候、總有一些事件勾起往日在監獄工作的回憶：有些臉孔忽然會跑出來，都是我曾經擔心過、曾嘔心歷血見證着他們完成院所訓練的孩子。有一些個案，我接觸了數年，一些個案可能只接手數個月，但監管期間需要密集的電話聯絡、家訪等，那一段時間，生命交錯，陪伴他們成長之餘，他們也用生命教育了我。

因為工作上緊密接觸，年輕人喜歡的東西、拍拖的對象、暗戀關係、學校霸凌，全部都會和我傾訴，好像我是他們的大姐姐甚至是媽媽。他們坦誠和我溝通，比和他們的父母溝通來得更容易，沒有什麼秘密。我心裏一直很好奇，他們的父母是否真的忙碌到沒有時間與子女交談，只能倚賴 WhatsApp、微信來溝通？還是因為子女曾經被判監，兩代之間存在一堵透明的圍牆，無法攀越修補關係？為什麼當子女在監獄時，他們長途跋涉去探訪，隔着玻璃窗傾訴心事，但回到現實生活，大家又彷彿忘記了如何互相包容和理解？

寫這本書其中一個動機，就是想整理一下回憶，反省從每個生命故事中得到的啟示及教訓，或許在寫的過程、閱讀的過程，會更留意個人管教孩子的技巧，留意與兒子的互動是否走向健康的親子關係。同時，我也會想像，或許故事的主角有機會看到這本書，我很想告訴他們，我非常感恩有他們與我分享心路歷程。他們的人生經歷是我的捷徑，省卻我育兒路上很多的冤枉路。

為了保護他們，故事的主人翁都被稱為「弟弟」、「妹妹」、「學童」、「某君」……你可以猜想他們的容貌身分，但保證沒有一個故事主角是獨立的一個人，更多的是由數個生命故事合成的角色。我知道在香港，有刑事紀錄的人受着種種歧視，質疑他們改過自新的動機，所以雖然都是我第一身經驗但也要保障他們，不至會被人指認出來影響現在的生活。

其實我們每一個人的生命，都是在和其他人的生命糾結在一起，或許是平行線，或許是交叉點，或多或少，我們都在別人的故事中找到自己的影子。如果故事裏面的主角真的在閱讀這本書，希望你知道，你在我心裏佔有一席位，和你的接觸啟發着我，間接協助我的孩子成長，多謝你們。

最後，我想多謝父母家人、丈夫和兒子，多謝你們的包容，讓我有勇氣踏出安舒區，也感恩遇上不同的好朋友，促成這本書面世，你們的鼓勵讓我更接近自己的夢想，感恩。

目錄

紀律基本步

紀律部隊，在學堂訓練時當然先談紀律。我仍然要熟讀法例，仍然要懂得人情世故，當然仍然要明白工作的性質，但是歸根究柢，重中之重仍然是紀律。未聽說過有人因為體能訓練不及格，手腳不協調而不能夠畢業，被「踢出學堂」的都是因為考試作弊，喪失誠信。情況就像在學校讀書一樣，你要兼顧成績，要兼顧人際關係，但你問十個校長九個也會告訴你，最重視的是操行品格。

步操就是紀律訓練的基本步，表面上是考手腳協調、考體能、考是否留心聽從指示，但內裏訓練的是意志及紀律。我想大家看電視劇集，又或者有看過滙操，那些整齊的腳步聲，敏捷一致的轉身，一定讓人嘆為觀止；相信我，背後付出海量的臭汗水也是多得驚人。要達到團隊的一致性，大家就要自律：沒有個人主義，沒有批評嫌棄、怪責別人拖累，有的是同事之間的默契和信任，一起加操、互相提點，相信團隊中每一個人都會恪守崗位，克己慎行才可以達到整體的紀律水準。

在青少年院所也是非常重視步操訓練，駐守在青少年院所，就算是便裝職員，都要有「基本功架」，隨時可以「上場」指揮年輕人的步操隊伍。而在教導所受訓的年輕人，會組成銀樂隊，負責訓練的同事當然能擔當步操典範，同事及受訓生都視這些職員為偶像，無論是軍裝儀容還是叫口令的氣勢，都會讓人敬佩三分。

由於步操講究自律和團隊精神，負責訓練的同事，需要極高的情緒智商和耐性。有些受訓生判刑日子長，習慣了儀仗隊訓練，但也有些剛判刑新加入團隊，步操時左右還未懂得分辨，可能剛剛開始建立一個隊形，新人的出現就會把整體水平拉低。青年人自然會有埋怨，所以負責的同事需要賞罰分明，訓話時強調團隊之間應該互相扶持，在批評新人拖累表現之前，先要反省個人是否達到完美水平？就算是，又有沒有把所學的傾囊相授，協助整個團隊進步？而新來的年輕人，在投訴被人排斥之前，也要先檢討自己有沒有自知之明，主動在晚上加緊練習努力追回進度。

放大在社會上看，這種紀律好像埋沒個人特色，但是，這世代太講究個人利益，少講共同責任，例如如果人人都有自律的公德心，香港的街道或許像日本一樣整齊清潔，最低限度不會貪方便，把垃圾掉在已經塞滿的垃圾箱，令清潔工人辛苦地洗刷收拾。如果將紀律概念放在家庭之中，每個家庭成員向人提出要求之前，也會檢討自己對家人是否有足夠的關心關愛。不用說得太複雜，只要訓練孩子收拾自己用過的碗筷、收拾自己的牀鋪，相信已經為家庭照顧者帶來很多的方便。

假如家長都是嚴謹自律，成為孩子的榜樣，兒童自幼就有紀律的概念，慢慢建立「律己以嚴待人以寬」的心胸，可能監獄裏就會少幾個叛逆的年輕人。

大學夢

「Madam 其實我好想入大學，有案底可否讀大學？」

我記得有一個男性還押犯人曾經這樣問過我，他好像是因為黑社會相關的罪行而被定罪。老實說，當了幾年懲教主任，也有麻木的時候，知道還押犯人為了求情減刑，可以訴說/塑造一個破碎家庭悲劇的主角，如何受盡折磨再被社會遺棄……

但眼前這個瘦削矮小的男孩，露出制服外的手腳都沒有紋身或疤痕，總覺得他與監獄環境格格不入。他垂下頭，雖然看不到臉，但雙耳赤紅，可能覺得很羞愧，覺得連問這條問題都不配。

我問他如果有機會讀書，你想讀什麼科目。他的頭垂得更低，輕聲說：「其實大學裏面有什麼科目？」我揚一揚眉，再次翻閱他的成績表，那一刻好像只剩下紙張的沙沙聲和他的心跳聲，他緊張地握緊拳頭好像緊張到要嘔吐。成績表到了中二就一直停滯不前，重讀了兩次中一，小學成績也是一般，倒是小學操行一直是甲或乙級。

我續說：「大學裏什麼都可以讀，你想到的都可以做研究，基本上什麼都可以，你有喜歡的科目嗎？」

他靦腆地抬起頭望我：「小學有老師讚我有數學天分……我試過一次全班數學考第一。嗯……如果可以讀大學，可以報讀數學？」

忽然我心頭很痛，望着他怯生生迷惘的表情，好像受虐小熊被救了但不知道該如何面對往後的日子。那次對話內容我不太記得，也忘記了他最後的判刑，但他若有所失的眼神是個烙印。

小學老師的稱讚只是杯水車薪，未能燃起他求學的意志，未足夠抵抗學業的挫敗感，他甚至要強裝反叛，掩飾自己想入大學念書的理想，避免讓朋輩嘲諷。可能是錯綜複雜的原因，沒有人能夠發掘、充分栽培這個年輕人的興趣，就算他真的有某種天賦，在香港競爭激烈的教育系統之下，小朋友必須要接受公式化的訓練，他的天分會否被分數分解？成王敗寇，這制度下被邊緣化的年輕人，再沒有什麼出人頭地的機會，也再沒有努力的理由？

數學是我最弱的科目，初中時候害怕數學老師，就算補了課都不得要領。如果面前的年輕人和我一起念書，我可能抄他的功課，而他可能是自信考入大學的天之驕子。學習是人類天性，因為好奇而研發新知識，讓族群繼續繁衍。所以沒有一種知識比另一種知識重要，而是每一種知識都值得發掘。但在香港念書，就會認為某些學課比較實際，久而久之還會有年輕人敢創新敢追夢嗎？

磨鞋

在學堂期間我最討厭的就是磨鞋，電視劇也有拍過類似的題材，磨鞋不簡單！一丁點鞋油加兩滴水，多了，磨成啞色；少了，就破壞了底下的油分，皮革爆裂了很難修補。這對鞋面能反光照亮牙齒的是步操練習鞋，我們每晚都小心翼翼地打磨，但每天練習過後，飛沙走石令鞋子遍體鱗傷，又要灰心洩氣地重新打磨，在學堂連睡覺的時間也不足夠，卻不允許我們用方便快捷的皮革漿，靠夭！是誰發明這種浪費人生的工作！

為什麼要學會磨鞋？這個答案一直到我調往教導所工作才明白。受訓學生要收拾自己的被鋪，標準是沒有任何工具的協助之下，毛氈能夠「起角」；除此之外，每天早上他們梳洗好，值日官巡查檢視，真的會看步操鞋子的鞋頭是否光滑得如照鏡一樣，能照出受訓生的樣子，標準非常高，讓人覺得是明知不可為而為之。但當你灰心認定不可能成功時，任何一個長官職員，他們都可以立刻示範如何摺好毛氈，並且穿着一雙手磨光滑的皮鞋。

在那一刻你會發現，學堂的訓練不是虛耗光陰，亦都不單是學懂一種穿戴軍裝的技巧，那段訓練是為了讓人變得更堅強、變得更自信，也為了裝備職員能夠站在年輕人面前，成為一個活生生的標準。受訓生經歷挫折，認為自己是一無是處的垃圾，大都抱怨院所標準太苛刻，沒有信心能達到標準，連嘗試的動力都欠奉。我們做職員的，就要更堅定地示範如何達到該標準，儘管我在學堂時粗口連篇漫罵磨鞋這個討厭的訓練，但今天面對受訓生的埋怨，我能夠多一份體諒，循循善誘，教導之餘亦體諒他們的心路歷程。

反觀香港父母，會訂立目標的人多，但能恪守標準者少。都說身教重要，如果我們對子女有要求，無論是讀書或操行，第一件事要先反省自己是否仍然花時間，精益求精超越自己？就算個人能夠「保持水準」，還要再想想今日鋼鐵般的「我」，經歷了幾多挫折打造而成？嘗試體諒迷惘的年輕人，可否花心思把自己的成功經驗拆解，逐點逐點誘導他們呢？

班主任教官講過：「不在乎起點是否聰明優秀，更在乎終點能超越多少。」（大概意思是盡力突破自己，他說話很累贅……）職員不會介意受訓生由零開始，亦相信他們離開院所時，一定能夠超越自己的標準；作為父母，所謂的標準，也許就是希望子女，終其一生不斷超越自我，迎難而上。

另類畢業禮

最近劉德華愛女幼稚園畢業了，不知不覺間已踏入畢業的季節。一班年輕人不論是投身社會，還是繼續升學，都會步入人生另一個階段。畢業禮對於父母來講亦是一個里程碑，看見台上鞠躬的孩子，感覺自己好像也完成了一個任務。

懲教署的「畢業禮」，我參加過好幾次，印象最深刻的一次是在壁屋懲教所，首次在男子院所工作，擔任證書頒發典禮的司儀。

第一次接觸男性年輕在囚人士，老實講，對他們印象一般，覺得他們都是好生事端、頑皮、找麻煩的人。綵排典禮時，他們十分被動，而且很不耐煩，有一些「學童」簡直刻了「反叛」兩個字在額頭，明明淪為階下囚，卻仍是目中無人，一副「Madam，你算老幾」的樣子。我對他們的表現感到非常不滿，心想：父母含辛茹苦，竟然要走進監獄內參加兒子的畢業禮，已經夠心酸，你們還要嘻皮笑臉也真夠無恥……

回想起來，當時的我，也應該很臭臉，沒有體諒他們都只是年輕人，覺得綵排場地好熱、制服很拘謹，無限次練習上台握手、練習獻唱環節，過程沉悶無聊……其實自己行畢業禮時也很討厭綵排，可能是因為在懲教院所，替他們的父母痛心，所以恨鐵不成鋼，對他們格外嚴苛。最後一次綵排，監督在場觀察，他訓勉學童：「明天是你們的，我們做的一切都是為了讓你們做主角！」

證書頒發典禮當日，我心中打量着進場的家長，圍牆之內，他們神情肅穆，好不自在。基於保安理由，所有學童都坐在禮堂最前數行，中間由一些職員隔開。不過，父母們即使拘謹緊張，都禁不住「左搖右擺」，探頭想多望兒子一眼。學童們跟綵排時的態度完全不一樣，他們穿着畢業專用的制服：白恤衫長褲黑皮鞋，緊張的坐直身體，眼望前方，明知父母在背後看着自己，卻沒有一個敢轉頭迎接父母的目光。如果不是蓄短髮平頭裝、領口露出複雜的紋身，前排的孩子其實與一般中學生無異；如果不是在監獄，大概坐在後方的家長也會像劉天皇一樣的興奮。

當我唸出學童名字，請他們逐一上台接過嘉賓手上的證書時，奇怪的是，一張張囂張的臉孔都變得溫順，雙手微微發抖。我看到他們有些人眼紅紅，帶着幾分難過，人生中認認真真地站在台上受到父母鼓掌的美好回憶，無奈地發生在監獄之內。台下的家長礙於獄中規定，不可以高舉手提電話拍攝，沒有揮手、沒有花束、沒有毛公仔，但他們帶給兒子最大的掌聲作為鼓勵，還有就是不離不棄的支持。

學童合唱陳奕迅的「單車」作為表演，答謝所有出席的嘉賓和家長，當中有幾句歌詞觸動了所有人的情緒：

多疼惜我卻不便讓我知道　懷念單車給你我　唯一有過的擁抱
難離難捨想抱緊些　茫茫人生好像荒野
如孩兒能伏於爸爸的肩膊　哪怕遙遙長路多斜
你愛我愛多些　讓我他朝走得堅壯些
你介意來愛護　又靠誰施捨

綵排時的不認真一掃而空，取而代之是台上台下眼泛淚光；學童哽咽勉強完成這個環節，我瞥見台下一位爸爸早已哭成淚人。無論是什麼原因走到這個另類畢業禮的學童，衷心希望他們拭乾眼淚之後，回到社會上可找到一個貢獻自己的崗位。

父母的歪理

什麼人種生什麼樣子的子女？對一半錯一半，個人基因和價值觀會影響幼兒成長，但當孩子接觸社會後，性格是會有改變的，成年人也會因職場上的不同際遇而塑造出不同的脾氣吧！所以，當家長問我怎樣預防仔女犯法，大概有一半是家長功勞，另一半就要隨緣聽天命。

又不用太驚慌，香港治安良好，只要我們盡力做好父母的本分，其實孩子的品行也不會太壞。其中一個育兒重點是，家長應該用什麼態度去糾正小朋友的偏差行為。

我接觸很多犯人父母，有緊張大師也有放羊式佛系父母。曾收過家長電話，稱要離港外遊無法探訪，問我戶口號碼「過數」給我代購獄中女兒的零食；有的家長長途跋涉入去監獄，就為了十五分鐘的噓寒問暖，表達對子女的支持，這行動本身值得嘉許，但有時聽到他們的對話內容，又會翻白眼，被這些家長氣得瞠目結舌。

例如還押犯可以選擇不使用政府提供的洗髮精，由探訪者根據統一指引購私人牌子，當然始終是監獄，買錯了規格就不可以交予囚犯使用，那麼她只可以「屈就」用阿公牌子。為了這種芝麻綠豆小事，我見識過家長因為買錯牌子，而被子女指着鼻尖罵無用鬼；那些子女覺得自己如廝田地已經是人間悲劇，「做少少嘢都錯」的父母便是落井下石的幫兇，面對在獄子女無理取鬧，家長真是忍氣吞聲，好像怕丟了飯碗般搖尾乞憐！

又見過女兒游說家長，逼父母欺騙職員，謊稱男朋友是「親表哥」，希望可以安排家屬探訪。即使被我識破了奸計，即使那父母了解小男友的黑背景，又即使心裏有數知道那男孩吸毒，但是仍然硬着頭皮和我交涉，就是害怕令女兒失望、怪責甚至疏遠自己。身陷牢籠仍掛念吸毒男友，真是悲壯的愛情故事，而且又真的有很多父母竟然陪女兒沉溺浪漫、成人之美，簡直荒天下之大謬。孩子已經寵壞到要收監了，父母還不反省一下管教模式，繼續縱容子女，那是浪費了人生的一個大教訓！

試過有家長在子女守行為期間，埋怨我要求嚴格，認為坐牢服刑已經「找數」了，不應該出獄後還接受監管，但我十分不同意，往往守行為才是考驗孩子有沒有真正悔改。面對誘惑，小至隨地丟垃圾、胡亂橫過馬路，大至貪威識食與壞朋友為伍，這些都在測試孩子是否真正成熟，有沒有汲取教訓，尊重法紀。做錯事不可怕，要是一錯再錯，不會承擔後果才可怕。我們控制不了子女的際遇，再者壞人沒有記認，作為父母如果能把握孩子的小錯來加緊管教，教孩子做個光明磊落的人，或許可能拯救孩子免於將來犯下不可挽回的過錯。

圍城

住香港島就一定有機會等電車，而住在天水圍必然坐過輕鐵。除了因為工作，平白無故不會入天水圍，最初未習慣時常在輕鐵迷路，後來熟悉了就明白，路軌把天水圍圈了起來，是一個新規劃的圍城。

這邊的個案大部分都是基層家庭，有一半是新移民，我無意標籤這一個社區，只想指出，這個小區資源匱乏，沒有安全的地方讓年輕人聚腳，任由他們隨街流連，成為黑社會招攬的目標。亦因為沒有健康的消遣娛樂，跨區消費昂貴，家人夫婦之間發生衝突時，只好困在同一間屋、同一個小區生悶氣，子女看着父母日吵夜鬧也只可以躲在屋邨後樓梯抽煙。

就是欠缺周詳的社區支援及人口規劃，促使這裏成為一個邊緣化社區，難怪有那麼多倫常慘劇，我自己也有很多經典案例住在天水圍。和住在天水圍的朋友提及區內邊青問題，當時他們夫婦認為全港區區都有壞人，根本無法躲避，如果有了小孩，只要夫婦同心協力，提供良好家庭教育就可以了。

未想到誕下麟兒未過百日，夫婦倆已經搬離天水圍區。原來懷孕期間蒐集資料，朋友發現區內中產家庭，為了孩子升學，天未光就出發，攀山涉水到市區就學；放學也是點對點嚴密監視親自接送，他們慨嘆區內太多「街童」，擔心遊樂場玩耍也會遭到霸凌，怕耳濡目染下孩子會有不良嗜好。

我不禁納悶，有能力才可以出走，但我的個案家庭資源少、弱勢，他們沒有選擇，處身這個環境，出污泥而不染談何容易？而且有什麼人關心這些家庭的死活？他們就是朋友眼中的瘟疫，會行走會蔓延的兒童病毒，但真的是他們自甘墮落嗎？

再一次強調我不是歧視住在天水圍的人，不可以一竹篙打一船人，判斷這裏的居民就是特別困難的家庭或者必然經歷社會問題。我只是想起那些曾跟進的個案，他們成長的環境品流複雜，父母跨區上班，長工時長車程，沒有額外的精力跟進功課，參加親子活動，了解他們的日常社交。欠缺關愛不一定是父母的過錯，成為窮兇極惡的壞人之前，他們也不過是天真無邪的兒童。如果真的有鄰舍守望，孩子能交託鄰居照顧，會不會就少了一些機會讓孩子變成流氓？如果社區多點互動，有沒有可能打破圍城的宿命？如果多些人關心他們，會不會就少一些悲劇？

黑玫瑰對黑玫瑰

她們母女倆長得很像，皮膚都偏向黝黑，烏黑的長髮配一雙大眼睛，兩個都美麗動人，但我覺得她們都是黑玫瑰，渾身是刺，一不小心就會被刑傷濺血。

媽媽嫁來香港不久，就把比自己年長廿年的丈夫送進護理安老院，過一年多就索性離婚，帶着幾歲大的女兒「繼承」老頭子的公屋，不時向房署職員投訴，詳情是怎樣我不清楚，總之她就帶着女兒調遷往新區入住，與前夫完全失去聯絡。

每一次見到這媽媽，她都是歇斯底里地數落女兒不是偷錢就是偷出街，總之就是地底泥，質疑我們為什麼沒有搜集到證據，把她關回監獄。女兒也不甘示弱，力陳母親好食懶飛，欺騙綜援恐嚇房署，而且經常結識男朋友，罵她是妓女是賤女人。既然都是黑玫瑰，可想而知，她們兩人高手過招，不可低估她們的殺傷力。

每次吵架總是要報警收場，我與她們的家庭社工一直緊密聯絡，女兒守行為期間表現反覆，社工透露女兒真的會被反鎖在家，三餐不繼，為此這個女兒曾多次短暫入住宿舍。她經常向我哭訴，想放棄學業回去坐監，最少不用面對「那自私的女人」。說起來，當初她犯的盜竊罪可能真的事出有因，面對如此偏激的母親，我可能也會選擇流連街頭混飯吃。

有一次家訪，她們又再大打出手，我坐在狹窄的空間裏，媽媽意外地打了我一下，大家都呆了，可是一秒後，兩人又若無其事地互罵，我也勃然大怒喝止她們的混亂，警告媽媽我不單止可以控告她「襲擊公職人員」，而且會加一條懷疑虐待兒童。非理性的媽媽突然很冷靜，講了一句：「個女我不會教，我不管。」然後奪門而去。

女兒愕然，回過神來開始抱着我大哭，不停代替媽媽向我道歉。那是我第一次真切地感受到女兒的恐懼和委屈，那種被美麗玫瑰刺傷的隱隱作痛，讓我也很難過。之後，她又再住了一段時間宿舍，期間在社工陪同之下回家收拾衣物，發現有一位男士已經佔用她的牀。

面對這些個案，社工和我也感到無奈，如果強行接管女童撫養權，她可能要入住兒童之家，遠離現在學校老師同學的圈子，那是她唯一剩下的支援網絡了。再者，很難游說那媽媽放棄撫養權，因為會影響綜援及公屋安排，以她偏執的性格，必然鬧到滿城風雨。除了望她快些獨立，我也不知道可以怎樣協助女孩。暴力對子女傷害很深遠，而施予精神身體虐待的人又正是最親密的媽媽。究竟，下一代做錯什麼事情，要受這種折磨？

七月十四

夜晚去行「宵禁」是工作的日常，因為根據法定監管，其中一個條文就是晚上十一時至翌日六點，被監管的人需要留在認可的地方，簡單講，即是晚上需要留在家中不可以外出玩耍。去行「宵禁」通常是突擊檢查，接受監管的年輕人和他的家人都清楚知道，這是法例賦予的權力，不是我有心半夜過來叫醒全家人去廁所。半夜至清晨我和拍檔，差不多每兩星期就會挺着寒風細雨，挨家挨戶去拍門，監察那班年輕人是乖乖在家做睡寶寶，還是「偷跳」出了去玩。當然，走火警或有緊急事故，受監管者都可以暫准離開家園，一切都是理性考慮。

不過也有非理性的一小部分，就是我會避忌在農曆七月十四晚上出外；就算你天不怕地不怕，盂蘭節前後行宵禁總會有點小意外，而且年輕人普遍怕鬼，七月通常不敢去夜街。

試過七月某夜到訪某舊式公共屋邨，司機不懂路硬把我放在屋邨的一角，甫下車已經覺得毛骨悚然，忽然有個橙從暗角滾出來停在我面前，我和拍檔互望一眼，我說了句：「公職人員，上班不吃了，謝謝。」然後我們兩個人沉默不言，加快腳步前往目的地。

第二天拍檔問我：「老闆，你有沒有想過，你說完那番話之後，那隻橙真的滾回原處，我們怎麼辦？」我想了想：「那麼……我們一起申請一個月病假。」全個辦公室的人一起大笑起來，輪流分享農曆七月的鬼故事，有人試過追通宵巴士，一不小心巴士上不了，留在荒山野嶺，卻踹到一腳紙溪錢……

宵禁令的原意，大抵是相信正當人家有日出而作的生活習慣，夜晚如果出外玩要，天亮了又怎會有精神工作或上學？基於這想法，我們金睛火眼半夜見鬼也要「殺到」，就是想逼令年輕人留在家休息。但總有家長不體諒，不是怪我們打擾，而是認為十一時睡覺太早，覺得子女凌晨仍上線打遊戲是時代趨勢沒有問題，又或者覺得子女不睡覺但願意留在家「煲劇」已經是皇恩浩蕩，他們對子女的作息抱無可奈何的態度，也認為我們的要求太理想。

習慣當夜鬼的孩子，真的很難會有健康體魄應付日常生活。父母因為和孩子作息脫軌，讓他們有機會結識夜青，孩子容易受朋黨影響，走進鬼門關接觸牛鬼蛇神很容易，但要送走瘟神拉孩子回正軌就難上加難了。四季有時作息有序，趁孩子還小，請好好教育他們規劃作息。

彭美麗

這女孩暫且跟我姓改個名叫美麗吧！

彭美麗有個年紀老邁的爸爸，在大陸娶妻之後，把妻女申請來香港家庭團聚，老伯伯目標明確，就是希望有一個人可以照顧他，讓他居家安老。未知老人家是有心有力，還是心知肚明心照不宣，總言他和年輕妻子有一個女兒，根據彭美麗的背景報告，她一歲時，老父已經七十有一了。

彭美麗的媽媽是誰，她沒有交代清楚，她知道母親的姓名和鄉下，記得大概三四歲的時候，正式和媽媽申請到香港生活。但彭美麗對母親印象模糊，她說小學一年級時，有一天下課媽媽沒有來接放學，之後就再沒有見過媽媽了。那時行動不便的老爸爸，撐着拐杖牽着六歲左右的美麗去警署報警，之後連續一星期沒有上學，後來再到過警署，警方用電話聯絡到媽媽，老爸邊說電話邊哭，彭美麗也有接過電話，不過忘記說了什麼，應該有求媽媽回家吧，但是媽媽沒有再回家了。

回憶起這段時間，彭美麗的樣子充滿迷惘，她不肯定這些是回憶，還是自己的想像。對媽媽離家出走之後的生活，她的記憶很模糊，一些沒有連續性、斷斷續續的片段會彈出來。印象中，她和爸爸離開警署回家，世界好像變得灰灰濛濛的。彭美麗很懂事，父女接受社區送飯，爸爸會帶她上學，有時候放學後到醫院陪爸爸等候覆診。一個十幾歲的小朋友，要照顧一個八十歲的老人家，難怪她如此早熟，但童年太快完蛋也是一個無法彌補的遺憾。

彭美麗犯了盜竊罪，她反思覺得自己沒有帶眼識人，喜歡了一個不負責任的男子，結果連累她犯法。她渴望被人寵愛，急於尋找圓滿的婚姻，渴望有人協助照顧累贅的父親。監獄裏她安靜美麗，一直很懂事不會惹是生非。老父行動不便也堅持定期探訪，嘮嘮叨叨一些鄉下話，這是只有他們倆父女才明白的辛酸。

離開院所開始守行為，她重拾書本，到監管令完結時，她有中規中矩的成績可以繼續升學。後來有一次出外用膳，碰到她負責傳菜，樣子成熟也憔悴了，她認得我，尷尷尬尬地寒暄了兩句。問她父親還好嗎？他已經進了老人院。那麼你近況如何？她靦腆地回答：「生了一個女兒，自己一個人照顧所以都是忙着賺奶粉錢。」

之後，我再沒有在街上見過彭美麗，偶然再到那家食店也沒有重遇。數數手指，由六歲開始要照顧父親，未夠廿歲又成了單親媽媽。真讓人感慨她遇上的是什麼命運？上天給她一個女兒，會否給她加一點愛？真心祝願她和女兒一生平安。

我需要母親

「彭主任，你幾時會再和我傾計？」

「主任我好忙呀，不是隨傳隨到！」

「好吧好吧，我知道你好忙，但你記得要找我傾偈哦！」

我通常都會裝作翻白眼，但望着她開開心心地撒嬌也會心花怒放，再忙也會關心她，畢竟看着她長大。

她入院所之初，只不過是因為違反感化令，可是越來越壞，觸犯了毒品罪行，由半年訓練變成一年半，加上違反監管要求，她因而反反覆覆出現在我生命裏有三四年之久。

她很賴皮，無論你怎樣責罰她，她就是死不認錯笑瞇瞇地望着你，一條厚顏無恥的死蛇爛鱔；對步操、對儀容沒有要求，未梳頭髮就見長官，當然又惹來批評。態度輕佻自然引來更多職員「惡言相向」，這是個惡性循環，但她就是不管，你有你鬧她有她笑，拿她沒辦法。

有一次因為與其他受訓生爭執，明明雙眼通紅身體抖震，她就是繼續笑瞇瞇，堅持不道歉。媽媽探訪一樣，未至於每句說話一言九「頂」，但兩母女關係僵持，經常沉默以對。一直到認識她的第二個年頭，某日職員之間談論女星裸照醜聞，忽然這女孩情緒崩潰，任誰都不知道發生什麼事，但她就是哭個不停指名道姓要求見我。

那次對話差不多兩小時。原來導火線是一句：「女人愚蠢才會被拍裸照。」她哭訴着由十歲左右開始已經不喜歡回家，因為父母經常大吵大鬧，也不管她在什麼朋友家借宿。才十三歲，離家出走去了邨內網友家過夜，冷不防被大叔強姦了，折磨一夜才有機會逃走，跑到警署求助時仍然嚇得發抖。媽媽到達時卻不是她的救星，而是「兜巴星」，眾目睽睽之下掌摑女兒並數落她為蠢貨，失去處子之身。

那一巴掌，打散了母女親情，打散了一個少女的靈魂。經歷了性暴力，反而被母親責罵，最後她沒面子指證那個男人。後來她繼續離家出走，甚至乎認為已經失去了初夜，索性一不做二不休，開始當援交少女。因為過度壓抑這可怕的往事，聽到職員討論花邊新聞時竟一觸即發，引爆了她所有情緒。

她說：「離開警署之後，我知道，她再不是我媽媽，她只是一個同屋主。」我沒辦法想像她們之間的矛盾，那一刻媽媽很激動很痛心、恨鐵不成鋼，衝動地打了女兒一下。或者到今時今日，她還不明白女兒在危急關頭需要她的守護，但她讓女兒失望透頂，再不相信成年人，而相信自己是個一文不值的蠢人。孩子啊！我慣着你撒嬌，就是因為你是一個可愛的人，千萬要勇敢活下去啊！

談性教育

讀社工的時候已經要認真學點性教育的知識，為己為人都應該要一技傍身。到我做了懲教主任，真的要開性教育小組時，發現年輕女生真的又好笑又可悲，她們有性經驗但缺乏性知識，什麼是有效避孕、有什麼性病、怎麼產子全部都是一知半解甚至是不求甚解。以下都是我忍不住笑到流眼淚的情景：

鹽焗雞

「彭主任，我有些皮膚癢，請了病假在家。」

「沒上課要交醫生紙副本給我做記錄啊！」

「嗯，我知道，但是……只有你看吧？」

「病人私隱嘛！我當然只我自己做記錄，怎麼了？你出了什麼古惑？」

「不是……其實……我……」

「皮膚病又不是什麼大病，除非……你是私處有病？」

「啊！你為什麼會猜到！」

「女性病有多稀奇呀！」

「但是我嚴重潰爛，發燒要吃抗生素了！我很害怕。」

「嗯……那麼嚴重，讓你媽媽陪你看醫生吧！她應該知道怎樣照顧你的，不用擔心！」

「唉，我延遲就醫就是因爲太聽話，上星期我已經覺得『妹妹』痕癢，她叫我用粗鹽洗刷，結果越刷越痛……」

「什麼？那不成了鹽焗雞！哈哈哈哈！」

殺精水

「彭主任，其實你有沒有聽過『殺精水』？」

「你指能夠殺死精子的藥水？」

「對，可以避孕？」

「我不太清楚，太多傳聞，有人認為飲可樂會壓制精子活動力，所以用可樂洗下體避孕，你信不信？」

「當然不信，用可樂那麼噁心！但我男朋友真心為我設想，會準備殺精水。」

「……究竟是什麼？」

「把避孕套加入熱水，放涼後飲用！」

「What the…… 等等，最後杯水他一飲而盡？」

「當然不！因為射精到我體內，殺精水由我飲服才有效。」

（無言以對。）

手指宮環

「有誰知道如何正確使用避孕套？」一班女生都興奮舉手，爭着要晉示範用的香蕉戴套，擾攘一輪，吱吱喳喳地分享性經驗。最後總結這節性教育小組，有什麼得着，其中一個女生害羞地表示，總算知道什麼是避孕套。

另一個女生立即嘲笑她：「你不是一直告訴人，你戴了子宮環嗎？」害羞女孩的耳朵更紅，喃喃自語：「嗯……原來我一直以為，性交時套在拇指公的就是子宮環，我今天知道那是避孕套了。」所有人都愣了，不知道該怎麼打圓場。

缺乏正確性知識，受害當然是自己！現在社會開放，拜託父母不要因為尷尬而延誤了性教育，還是拍拍心胸主動和孩子探討這課題吧！

父子

很多時望着老公和兒子的互動，令我大惑不解，平日兩母子外出，兒子乖巧聽話，但是一家三口出動，安靜的兒子就好像脫韁野馬，令到老公非常惱火。明明爸爸出門口上班，小寶寶就會目不轉睛依依不捨，丈夫也是非常掛念孩子，經常要求我發些孩子的照片給他，但兩個人一見面就充滿磨擦。

可能與爸爸相處的時間短，大家不熟悉對方的脾氣，這個沮喪的關係讓我想起一件舊事。有段時間我被派駐判前評估小組，負責按法庭要求為定罪犯人撰寫報告作量刑參考，因此有機會接觸這對父子。

當日年輕男犯人的父母一起探監，約見他們了解家庭情況，並且收集一些成績表副本作為參考之用。看到這對夫婦的衣著打扮，已猜想他們都是藍領階層，爸爸是地盤工人，媽媽就兼職洗碗，還未開口媽媽已經哭成淚人，雖然爸爸沉默寡言，但看上去很憔悴，應該也為兒子食不下嚥。

問及他們對兒子的了解，和一般的故事差不多，父母忙於工作餬口，印象中懂事的乖乖仔不知怎地，升中後變得反叛，他們相信兒子本性不壞，但因為疏忽管教而出了岔子。

會面差不多結束時，我點收過去的成績表副本，媽媽細心的逐張抽出來，珍而重之的介紹。雖然我一再表明，成績表只作為參考，但她仍希望我將孩子曾經拿過的清潔獎交予法庭，唉，又不是什麼突出表現獎，但為了安撫他們的情緒，我也只好接過來記錄在案。

正想多謝他們抽空前來，禮貌地詢問還有什麼問題，準備完結這次面談，沉默的爸爸忽然伸手展開一封信，白紙上有他反覆搓捏的指印，他緩緩開腔：「姑娘，我讀書少，但想寫求情信，求你行好心，幫我望一下有沒有錯字，可以嗎？阻你時間，不好意思。」

我望着他，他不停地說「不好意思」，強忍的眼淚也在這時終於流出來，因為雙手恭敬地遞出信件，他只好側側頭用衣領擦乾淨臉上的淚痕。我也用力地把內心的激動壓下去，不敢直視他，接過信紙，看到上面歪歪斜斜的字，都是很用力寫的，差不多穿透紙張，可想像這位爸爸用了多大的力氣，才能夠寫完這幾句求情說話。

其實男人對子女的責任與關愛，不會比女人少，只是他們未必懂得如何表達。是否天底下所有父子關係都這麼含蓄？為什麼不能把握機會面對面表達關心呢？

玩火

所有小朋友落雨都喜歡出街踩水窪，我的兒子也是，聽講「淩亂遊戲」有助感覺統合，所以隨他高興享受泥漿浴，回家沖涼就是了。不過，再大一點的孩子就開始喜歡玩火，記得小時候煲蠟刮火柴，那種暗爽的興奮和挑戰父母底線的快感嗎？我還有印象，回想起來，頑皮的我應該慶幸沒有擦槍走火發生什麼重大意外。

要畫一條界線予子女，讓他們能安全探索世界其實很不容易，每個家庭的情況不一，但同樣地似乎所有子女都在測試成年人的底線，亦因為想要更多自由而與父母發生更頻密的衝突。有些貪玩，父母可以隻眼開隻眼閉，但有時的貪玩可能已經過了火位，甚至觸犯法例。學童欺凌算是我繼吸毒之後，最不可以接受的「遊戲」！

令人頭痛的霸凌問題，在香港比比皆是。我的兒子才十五個月已經領教過，在遊樂場被三個幼稚園高班生，夾手夾腳推倒，意圖搶他手上的玩具車。我站在一旁默默觀察，見兒子沒有大礙但呆坐地上望着三個「大哥哥」玩他的玩具，附近的家長仍然興奮地聊天沒有察覺剛才的「遊戲」。兒子未懂說話，嘗試伸手搶回玩具，可是再次被推倒，這次我介入了，而其他家長立刻喝罵孩子們，大概是慣犯，他們沒有一句道歉，拋下玩具車就四散了。

幼稚園可能未懂得分是非，可是他們的貪玩可以闖出大禍。因一時之快，和朋友虐待別人至失救死亡，程度不同但性質一樣，都是源於欺凌。我在獄中見過欺凌虐殺案裏其中一個年輕犯人，印象是個普普通通的人，充滿陽光氣息，笑容可掬，我猜他和其他人一樣，本來對生活充滿熱誠，但因為一班損友、一時興起的欺凌行為，大家貪玩至喪心病狂，對死者及其家屬做成不可挽回的遺憾。

我們視自己子女如珠如寶，將心比心，人家的孩子是草嗎？怎麼可容許自己的子女胡作非為，傷害另一條生命？我也見證過另一班男孩，因為猥褻侵犯另一個男孩而入獄，事情簡單地說也是幼稚、不分輕重，由嘲諷同學開始演變成掌摑動粗，趁受害人奄奄一息再落井下石，侵犯對方以為「玩玩吓」，被警方逮捕時仍然怪責別人臉皮薄沒幽默感，直到判刑才知道闖下彌天大禍。

因貪玩而闖下的禍不一定有補救措施，在孩子爭取自由探索世界時，家長已經要不時引入道德討論，不單要潔身自愛，也要告誡子女袖手旁觀、隔岸觀火也是幫兇，法庭不會放過「睇水」的小角色，因為他們的冷眼促成受害人的痛苦。孩子不知天高地厚，惟有靠我們喋喋不休唸緊箍咒，避免他們玩火自焚。

黑社會

黑社會講義氣應該已經是反清復明義和團的年代了，我總是告訴年輕人，如果你吃得開這行飯就不會鋃鐺入獄，他們大部分的回應都是：今次是意外、不幸、信錯人。

入職時候我見過幾個黑社會大家姐，那時我仍然是「珠粒幫」未過試用期，穿着軍裝就全世界都知道你是新人。那晚我負責督導監察所有犯人回囚倉休息，看似簡單的工作但也潛藏危機，因為不同單位的在囚人士都集中在同一個地方，如果她們要起哄鬧事、報復尋仇、傳遞情報等，這就是大好機會。

一般而言，夜更的同事已經進駐，在交接時間提供更充裕的人手，防止任何事故發生。值日官和資深的職員也有提醒我，作為新人會被「試樁」，測試一下我的應變能力，如果囚犯發現我是一個好欺負的、臟雞的長官，那麼往後的日子必定會接二連三發生事故。所以我繼續保持警戒，一切好像沒有異樣，直到我發現有幾名女犯人刻意鬆開制服衫鈕，凶神惡煞地望着我，我下意識說了一句「眼望前面排隊」，話音未落，她們就起哄叫囂指手畫腳。

其實我心裏面感到有點害怕，始終眼前的不是善男信女，惟有強裝鎮定喝令她們肅靜，與此同時，兩名資深職員跑過來支援，喝斥滋事者服從指令排隊回倉，雖然群情洶湧，但我馬上回過神來，點名吩咐其中一兩個囚犯安靜。隨後再有職員增援，最後這四分鐘小混亂回歸平靜，當晚亦再沒有什麼事故。

人潮中我看到一張臉由始至終都鎖定我，她就是滋事分子的大家姐，也是我點名的囚犯的領袖。往後工作當然有遇上一些挑釁，但我知道犯人對我也有所顧忌，相較其他新同事，我算過得平安了。

有一個下午，在處理文件時，有機會和那位大家姐單獨短暫相處。她是長刑期犯，在等候面見覆檢委員會申請假釋，她禮貌地向我問安，笑容親切地關心我適應進度，而且主動表示其他囚犯不懂規矩，總是嚇唬我們這些新職員。

對話之中覺得她世故狡猾，想起前輩教路，小心避免和這些黑社會核心成員作無謂的交談，有點像和魔鬼對話，稍一不慎給他們看穿了弱點，就有機會慫恿我們犯法。她不徐不疾地提起那個晚上，告訴我，原以為我只是乳臭未乾的大學生，但欣賞我當晚能保持鎮定。我沒有給她什麼反應，只是暗中嘀咕，幹嘛她的語氣儼如上司給予評價，明明她是犯人我是長官……

保安同事告訴我，即使在獄，部分囚犯仍然能影響圍牆外的社團運作，警方與懲教署都緊密合作監視他們的動態。到現在我仍舊記得她的那份氣場，像個做大事、強悍的女強人。再之後的工作生涯，擁有相同氣質的黑社會人物沒有見過幾多個。可能這一代的年輕人不夠上進不夠成熟，總之年輕在囚人士，很多都是被出賣的棄卒，連安家費都沒有就平白坐幾年監。

我有時想，如果黑社會運作是一盤企業生意，沒有清晰的進升階梯、沒醫保、沒約滿酬金，究竟這份工有什麼吸引力，讓那們多年輕人投身其中呢？自問不是這門料子，還是早些洗手不幹吧！反正這些虛張聲勢的大家姐，到最後還是要叫我一聲 Madam，到底是誰比較有型？

命數

我常光顧一家台灣食店，和裏面一位工作認真的員工阿姨相熟，她閒聊時告訴我，年輕時一次中山旅遊途中碰到生神仙的經過。她說當時還未結婚，問生神仙姻緣，對方拿一把間尺度了她的小指長度，又問她的姓氏，之後用電子計算機加加減減，就從抽屜裏拿出一張籤文，說是概括了她的人生。

阿姨當遊戲一場，沒有放在心上，直到近期想起舊事才發現那籤文很準確，她父母緣薄，自小就過繼予叔叔，因着這個童年經歷，令她更加珍惜現在的婚姻和子女。她認為術數沒有讓她趨吉避凶，但提醒了她因果循環，讓她更加珍惜當下，更小心經營現在的生活，減免將來的遺憾。

於我而言，這生活態度簡直是大智慧。在監獄遇到的囚犯大都非常迷信，執著而且不能看破。他們不相信命運可以改變，反而認定坐監是自己的宿命，是劫數難逃。他們又滿天神佛，總在想辦法趨吉避凶，例如不停改名，但無論如何求神問卜都是會沉淪毒海。他們有很多禁忌，例如出獄前的「最後晚餐」一定要「清兜」，要吃光所有飯餸否則將來會再次入獄要再吃過。又例如他們覺得再次被警察逮捕，是因為在街上碰到懲教職員「攝了皇氣」，所以不能得心應手地犯法，會「不幸」落網。

間中有一兩個例外，曾聽過一個殺人犯分享對命運的看法。她年輕時犯法，二十出頭就已經開始坐牢，後來皈依佛門，有了信仰少了戾氣，所以平常也不招惹別人。她慨嘆當年一段孽緣，把她的家庭和另一個家庭綑綁在一起，她妒忌正室亦為了報復負心漢，結果她選擇了一條不歸路，設計殺死了兩個無辜的兒童。她選擇執著和仇恨，害了人命也被判終身監禁，不可以撫育自己年幼的兒子，骨肉離散沒有感情，兒子也逐漸疏遠她。她的母親年事漸高，在她入獄後變得鬱鬱寡歡，很多病痛，母親病逝後她也無法送終，兩個家庭就此徹底摧毀了。

她分享往事時眼睛深遂望遠，每句說話都充滿悔疚，充滿痛苦：「姑娘你知不知道，坐監最痛就是當你知道家人在外患病，但你什麼也做不到。」她平靜地說，這年老犯人叮囑我要珍惜家庭孝順父母。

不知道她會否在獄中敲經念佛至老死，當年的仇恨早已歸塵歸土，被大眾遺忘，剩下這個老婆婆在懺悔、在參透天命。

其實命運真的不由我們掌握嗎？十個有九個女人入獄都是「為仔死為仔亡」，深切感到女人的情緒如何受愛情牽動，把她們拉入無盡黑暗和追悔的口子。如是因，如是果，未知其他囚徒何時可以看破。

山腳孤兒

工作壓力大時，最喜歡溜狗，可以接近大自然，又可以和毛孩跑步，放鬆自在。曾經監管過一個住新界大西北荒山野嶺裏的年輕人，由市中心轉小巴到她家的車程已經要半小時，每次家訪都像郊遊，要走一段自然教育徑，但過程一點都不放鬆不享受。

在人迹罕至的小村屋，阿妹和數條大唐狗一起生活。父母早年由國內定居香港，就是住在這鄉郊小屋，她與父母算是過了一個貧窮但心靈滿足的童年。十來歲爸爸病故，由於媽媽不想依賴綜援，但又需要增加收入，她索性「回流」大陸工作，一年會來香港探女兒幾次，平時只會靠電話聯絡報個平安，基本上阿妹大部分時間都是孤伶伶一個人。

我認識她時已經廿一歲，但這種生活已經過了幾年。沒有可能吧？我也覺得匪夷所思，香港都有「山區留守兒童」？她在獄時又真的沒有多少次探訪，母親只是出現過一次，之後都是拜託鄰居阿姨，她才會勉強去看望一下阿妹，看管打掃一下屋子。阿妹告訴我，這位鄰居阿姨收了媽媽的紅包，才願意照顧一下家中的狗，未入獄前根本不會打招呼。

這樣沒有人管教，不學壞不吸毒才怪！但其實阿妹又沒有想像中那麼壞，反而很單純。她是個「男仔頭」，不喜歡打扮，最喜歡小動物，在她的村屋小世界內，收養了兩隻貓和三隻狗，她有時會做動物義工，照顧狗場的動物清潔。有時媽媽給的生活費不足，她就做雜工、洗碗，不介意粗重工夫只求可以餬口。她說過最緊要有白米：「因為我家附近有山澗，我又會劈柴生火，所以每個月一有錢第一時間就是買一大包白米，那麼這個月的生活就有保障了！」

大抵壞人就是看上她老老實實，沒有什麼機心，用金錢引誘她「帶貨」販運毒品。我問她從中賺了多少，她說只做過三次運毒就被抓了，所以賺了才六百元。我怔住了，那毒品數量分六萬元花紅都不過分……「哈哈！彭主任是否覺得我很蠢？我坐監才知道毒品的市值，原來賺少很多！哈哈！」

監管期滿之前，最後一次見面時，她收留了一條剛剛誕下六隻小寶寶的母狗，我憂慮她未能提供適當的照顧，她說已經聯絡了動物機構，不過答應機構餵養小狗至牠們斷奶才送走。阿妹說：「附近很多流浪狗還有野豬，無瓦遮頭牠們就死定了！所以我要收留牠們多一陣子，最少有我在，有稀粥吃，牠們會快高長大，好像我一樣大大隻！」

離開時回頭望着這個傻孩子，用力地揮手着我保重，身旁有數條忠心的護家犬在擺尾巴，雖然我在風光明媚的郊區，但心裏充滿惆悵。

我接觸很多性格古怪的個案當事人，每一款都各具特色，讓我焦頭爛額。有個細路女整天都是「眼眨眨」好精靈古惑，不出所料，才離開新人適應小組三天而已，分配和其他受訓生一起生活的第二晚，就已經在新圈子建立些少地位，煽動另外一個受訓生杯葛其他人，精人出口笨人出手，結果令其他女孩受罰。

這細路女有小聰明但也很固執，堅持與黑社會為伍並沒有問題。聽講她行走江湖時間雖然短，但已經很會籠絡人心，沒有和黑社會大佬拍拖，但又成為多個阿嫂的閨蜜。因此她有很多過夜落腳的地方而又一直沒有失身或者被人利用去販賣毒品，她靠一張油嘴「呃飲呃食」。

很快她已經熟習院所生活，知道職員勢力、小圈子情報。對一個十五歲的小朋友來講，她的交際手腕讓我甘拜下風，嘆為觀止。想當年我初中時仍然是一團飯，間中被杯葛、被改花名。眼前的細路女已經同各個幫派混熟，如果她認真工作，她的人際技巧應該可以讓她扶搖直上，偏偏她就是堅持跑江湖，我和拍檔討論過好多次，覺得她逃走風險高，完全沒有悔過的心。

最大問題是聯絡她的家人時，無論如何解釋都拒絕與我們合作，不容許我做家訪，當你以為她的家人也是「撈偏」不見得光時，她的家人又會車輪轉般出現，投訴懲教署、警察以至法庭濫用權力，剝削司法公義，判她的寶貝乖女坐監。總之，能夠聯絡的成年家屬都古古怪怪異常固執。

細路女父母離異，自小由嫲嫲及爸爸的一班兄弟姊妹「集體撫養」，她有好多叔伯姑姐姑媽，當然也有很多堂兄弟姊妹，每一個家庭都有照顧過她，由於居無定所生活不穩定，家庭關係錯綜複雜。連自己也不確定該申報哪個地址，根據她形容，爸爸和叔伯們經常往返國內做生意，姑姐姑媽又喜歡旅遊，基本上成班化骨龍都是由嫲嫲帶領的工人團隊照顧，一段時間在這家、一段時間在那家，就是爸爸不爭氣在香港沒有置業，所以沒有固定地址。

我不時想像，這大家庭是否住四合院？最終，她守行為時「迫於無奈」讓我到訪她暫住的家，沒有想像中那麼多人口，但的確有一班對我充滿戒心的長輩恭候。他們偏執地相信，細路女絕對值得信任，是一個乖乖女，被冤枉坐監。當她的家人質疑監管令內容，令我拉長了臉時，就輪到細路女發脾氣，嫌他們囉嗦給我麻煩，所有成年人立即閉嘴，一副「娘娘息怒」的樣子。

正如我估計，她只是守了兩個月行為就消失於空氣之中，繼續浪迹天涯。細路女這麼懂得挑撥離間籠絡人心的手段，應該是因為她自小就是一個人球。一個小朋友不應該老氣橫秋，但為了生存保護自己，從寄人籬下的生活裏學懂看眉頭眼額，磨練她的世故。好無奈，父母離異，小朋友就外判予親戚工人照顧，當孩子犯錯時就感到內疚，反而百般討好，為什麼生了她又要害她一世呢？

腦開花天使

其實現今的小朋友早熟，性觀念開放根本不是新鮮事，我見過才年僅十八歲的女孩，已有九次非法墮胎經驗。由於子宮壁變薄，每次月事都痛到抽搐，非住院不可。我也見過連續三年守行為期間，每年都向我申報墮胎病假。這些女孩都貪玩圖刺激，甚至染有毒癮，一邊吸毒一邊待產其實也很普遍。有一些人選擇墮胎，當然也有些人選擇把發育不良的寶寶生下來。我聽說過一個戒毒所女孩的墮胎故事，犧牲了一個小天使的生命，但挽回一個毒海靈魂。

女孩與家人關係一般，總是在男朋友圈打轉，感情關係複雜而且不穩定，有時因為服用了毒品神志不清，究竟有沒有和別人發生性關係，和什麼人搭上了也說不定，更莫說什麼有效避孕方法。她一直都有吸食安非他命「冰」，讓她保持「苗條」

體態，身體瘦弱而且月事不準，所以一直沒有想過自己會懷孕。

珠胎暗結她仍然懵然不知，繼續吸食毒品，最後因為藏毒罪而還押監獄，等候判刑期間驗身時才發現寶寶已經有五個月大。推算日子，相信經手人是某一個毒梟男朋友，但大家早已經分手，失去聯絡。沒有經濟能力，沒有家人支援，也沒有心理準備，女孩完全沒有打算留下腹中塊肉。在香港要合法墮胎，除非有兩個醫生同意，但孕期超過五個月手術風險很高，加上女孩有脫癮迹象，精神萎靡。為安全計，醫生沒有安排即時進行人工流產，反而是安排她盡快接受盆腔檢查，並為胎兒進行結構超聲波檢查。

沒有計劃生育，本來打算墮胎了之，但女孩卻又受到上天「眷顧」，有一星期時間等候「照結構」。沒有家庭溫暖，沒有母親在旁，她轉向尋求已為人母的職員，向她討教懷孕是怎樣、生孩子又是怎樣。她知道原來照結構是一個重要的檢查，也是孕媽媽的心理關口，要數齊小朋友的手指腳趾、脊椎骨骼等等，待醫生宣布正常才可放下心頭大石。這個星期，作息規律遠離花花世界，加上一切有關孕婦的討論，女孩心裏面漸漸生起一些希冀，撫摸肚子好奇什麼是胎動，期待與肚裏面的小寶寶見面。

上午安排女孩到公立醫院照結構，下午人未回到院所，各組別主管已收到值日官通知，安排她入住院所醫院最接近職員更亭的牀位，留意女孩情緒低落可能會做傻事，提醒心理專家盡快提供輔導，提醒福利組聯絡其家人提供一切支援……如臨大敵，是因為照結構時，發現胎兒過輕，但小寶寶身體手腳比例正常，骨骼發展正常，心臟及其他主要器官發育正常。

這個有齊十隻小手指小腳趾的胎兒，腦部卻有不尋常的陰影，好像一朵小花，佔了腦瓜三分之一的位置，那是腦部萎縮的迹象。醫生估計是毒品導致胎兒腦部發育不健全。雖然身體繼續發育，但極有可能足月前已經自然流產。即使平安出生存活率也很低。由於胎兒不正常，醫生同意墮胎。

不知道醫生為什麼會把超聲波照片的拷貝交給了女孩，押解職員也不知道如何處理，只好把眼紅紅的女孩帶回監獄，讓她刑滿後也可以保存。沒有呼天搶地的大哭大鬧，就這樣靜靜地度過了還押期，完成中止懷孕手術。後來判入戒毒所，聽說她守行為期間沒有再吸毒，還和家人修補了關係。

我沒有見過這一張超聲波照片，想像不到長了小花般的腦袋是怎樣，或許像個小女孩劉海上扣了一個扁髮夾，蹦蹦跳跳，展現天真無邪的笑容。這個小寶寶一定是個勇敢的天使，拯救了她媽媽的生命。

習慣情緒勒索

阿妹的名字簡單，暫且叫她阿紅。她又是來自一個典型中港婚姻失敗的家庭，是個患有過度活躍專注力不足的大女。如果你了解這病就可以想像到，她總是喋喋不休、無辦法安靜下來，很難專心讀書，加上粗粗魯魯，社交技巧欠佳，在主流學校不受同儕歡迎。阿紅沒有什麼強項，倒有一大堆缺點，加上一個重男輕女、患有躁鬱症的母親，注定她走的路不會輕鬆。

文化差異讓阿紅媽媽偏愛弟弟，而比較起來弟弟又真的乖巧一點，可能見姐姐經常捱母親的棒子，所以學精了。有一次學校發現阿紅身上有瘀傷，轉介了社工，母親的行為有點收斂，而女兒也開始願意去看精神科醫生和吃藥，之後被安排入讀寄宿學校，勉強升到初中。但阿紅始終很衝動很偏執，她在寄宿學校與人打架，因傷人罪判入更新中心。

社工用盡了人情牌，在她離開監獄的時候，原校勉強收回她繼續學業，但不出兩個星期，就因為抽煙被訓導主任投訴再次被逐。阿紅媽媽覺得非常憤怒，不讓她踏入家門，即使意味着女兒有機會因違反宵禁令，可能再次被監禁，她也不以為意。媽媽心知肚明，我們會左頻右撲為阿紅尋找宿舍，想不到幾小時後，媽媽又願意收留她。

回家時媽媽說看在弟弟求情份上，才讓阿紅回家住數天之後，安排送回鄉下自生自滅。阿紅聽到後兩行眼淚湧出來，我第一次見到這傻大姐哭。她像電視劇一般跪倒地上求媽媽原諒、求媽媽批准自己留在她身邊。高小的弟弟在「食花生」加鹽加醋，說什麼可憐你有精神病，不介意分一半牀位給你，吩咐家姐要生生性性，不可以行差踏錯。

我看傻了眼，兩星期後聯絡阿紅了解近況，她很高興地告訴我，母親已經原諒了她，因為知道她在拉麵店工作，只要答應她每個月交家用就不用回大陸生活。我問她國內有什麼親戚，她搖搖頭：「其實是陪公公婆婆種田，鄉下真是什麼都沒有，而且我很怕……」

「你怕什麼？發生了什麼事？」

「沒什麼事，但我很怕媽媽不要我。她說過因為懷了我，爸爸才會討厭媽媽，在外邊玩女人。小時候媽媽說如果我再頑皮，她也會消失。我知道她是認真的，所以一直很抗拒住在寄宿學校，很怕她會突然搬屋，斷絕關係，那我就什麼都沒有了。」

或許媽媽不懂管教過度活躍症的孩子，唯有用威嚇的方法，又或許很多父母也會嚇唬孩子。但我也驚訝原來習慣了情緒勒索，久而久之真的會覺得施虐者是正確的，我替阿紅感到痛心憂心，想像不到她將來如何好好的建立自己的家庭。

求職保母

聽說現在的年輕人求職，需要爸爸媽媽陪同，其實我以前也當過「見工保母」，原來邊緣少年真的不會求職。年輕人守行為的其中一個強制條款，就是要有正當職業或者求學，背後理念是希望他們善用時間，可以與社會接軌。所以懲教署的廣告也是呼籲僱主提供公平就業機會，讓更新人士可以發揮所長。

白紙黑字寫明守行為要工作，給受訓生極大的壓力。他們會問我，填寫履歷表時，真的要如實反映自己曾經坐牢？畢竟有一段很長的空白期，應該如何向僱主交代呢？用得最多最爛的藉口，就是把父母搬出來，聲稱陪家人回大陸讀書，所以有一段時間不在香港，成績表也丟失了。如果僱主查詢，真的要爸爸媽媽合作圓謊。我不太贊同他們砌詞狡辯，但又真的很難避免僱主用有色眼鏡看待，除非該公司開宗明義聘請更新人士，否則要解釋犯事經過讓人很難堪，他們因而不敢申請職位。

為了助他們一臂之力，我留意過請人街招、招聘會，記下適合的職位，盡量提供資訊讓年輕人可以找到有興趣的工作。有次自己買衣服，硬着頭皮放下卡片，查詢有沒有適合更新人士的職位空缺。想不到連鎖服裝店積極回應，人事部聯絡我去開會，講解了機構背景及個案實際情況，對方很熱心地安排一些成熟資深的職員，特別配對給年輕的更新人士，讓年輕人工作時更容易投入。那次我很感動，對方謙虛表示，反正都是招聘人手，而且相信有懲教署職員跟進的個案，工作動力可能更佳。

除了轉介工作，作為求職保母還要為年輕人特訓面試、作生涯規劃，讓他們了解自己的優點弱項，把握工作機會和珍惜同事的關係。簡單到填表格也要「加操」，因為學歷水平參差，表面上是中三畢業，實際上可能只有小學六年班水平，連自己的名字也寫得歪歪斜斜。填寫興趣一項就千篇一律，報稱喜歡看書……其實目不識丁，真的是勉強懂得二十六個英文字母。

保母當然要編日程，有需要時在見工當天，負責做人肉鬧鐘，打電話叫他們起牀，打電話問他們進度。如果時間配合，我就會陪伴他們到公司樓下，目送他們進入升降機，只差一步自己就代他們見工去了……現在回想起來，我應該夠資格開辦一間更新人士求職中介公司。

平心而論，欠缺自信、欠缺自理能力，或許不是更生人士特有的求職問題。香港的孩子太幸福，不論是邊緣青年還是天之驕子，似乎都離不開我們這些求職保母，究竟我的積極，是幫忙還是寵壞孩子呢？

貪財不富貴

一般年輕人犯法都是因為貪心、衝動，他們可能有一些錯誤的價值觀和理財觀念，又或者因為崇尚名牌，干犯偷竊、網上詐騙等，鮮有因為嚴重暴力傾向而去殺人放火。但的確因為損友和吸食毒品，令他們失去理智，泥足深陷。

在壁屋懲教所寫判前報告時，記得有個體格魁梧，樣貌俊俏的男孩子，雖然剷光了頭髮，但是五官端正雙目有神，因為他「太靚仔」而對他印象深刻。他有問有答，非常禮貌，覺得他是智慧型罪犯。儘管他態度真誠，坦率回應，但就是懂得避重就輕，難以摸索他真正的背景。

關於將來的打算，他坦白告訴我一切視乎判刑長短，儼如若我高抬貴手妙筆生花，博到官老爺從輕發落，他就可以重操故業，但如果刑期太長他就要另謀出路，大概要結束「生意」。這傢伙否認吸食毒品但承認組織販運毒品而牟利，算是個管理層，他笑說：「我無父無母，不是二世祖，只可以靠自己養活女朋友，還有替我打工的運輸車隊，所以真的不可以輕率決定公司的將來。」

我沒好氣地說：「你的口氣好像白手興家似的！說話像個良心的管理層，善待下屬，但你現正販運毒品，害人的，難道你一些悔意都沒有？」

他嬉皮笑臉：「我知道吸毒不好，但Madam，這是供求關係，是明買明賣的生意。我沒有減價促銷，沒有試用裝誘人吸毒呀！」

「你害人呀！你想一世也幹這種下三流勾當？」

這傻男用影帝級的內心戲回答我：

「香港競爭很大，我沒有學歷，就算出賣勞力做跟車送貨，可以捱幾年青春，但是女朋友不能捱，她習慣用名牌、去日本掃貨。我計劃和她結婚生仔，我要她做少奶奶，為了儲錢買樓唯有繼續販運毒品，才可以維持生活開支。」他繼續分析每月如何可以收支平衡，怎樣才可以養活整個「車隊」，還有如何擴充銷售點增加營業額。我越聽越糊塗，根本就是一個成熟自信的年輕企業家！但偏偏不務正業，偏偏要賣毒品！

「從事運輸業，究竟我應該向法官申報你每個月收入多少？」他想了想，語氣真誠地反問我：「五萬？夠不夠？其實我不太清楚一般家庭入息中位數是多少。」我差點昏倒，該如何引導一個二十出頭的「運輸業車隊中層管理人員」，放棄現在的生計，用最低工資打工養家？

還是在孩子走上歧途之前，教他們腳踏實地計劃將來，當他們被花花世界吸引後，很難帶回正軌。如果這個「小鮮肉」過正常生活，或者他是一個出色的健身教練，又或者是保險從業員，可惜他現在什麼都不是，只是一隻美麗的過街老鼠。

懲教 vs 社工

好像沒有認真介紹過我在懲教署的主要工作，有人以為我是受聘為懲教署的社工，隸屬社會福利署，但其實我是社工系畢業後接受紀律部隊訓練的軍裝職員。忘記是哪一年開始，監獄署改名為懲教署，顧名思義，部門除了執法懲罰，亦開始重視在囚人士的教育、心靈重建及更生工作，亦在那個時候開始聘請社會科學系畢業的學生為懲教主任，希望擴闊工作的專業領域。

當年讀大學，有一課是讓我們這些社工系學生參觀懲教院所，那時參觀了歌連臣角懲教所，行了一個圈，印象中是風涼水冷位處偏僻的地方，但有一些資源、有一些社工系的師兄在工作，協助年輕人重投社會。記得那一科是社會福利政策，學生功課正正就是要批判思考，如何分配納稅人的血汗錢才算有效的社會福利政策。之後我也有反思，社會上弱勢社群各有獨特的需要，是否值得投放資源在囚犯身上？坐過監的人似乎是最不受人可憐的，是咎由自取，他們的需要值得我正視嗎？

畢業當了幾個月社工，拜一筆過撥款所賜，當時人工扣除強積金後大概只有八千元，同行打趣認為拿取社會保障的個案比我擁有更優質的生活。當時我要供養父母而且好想繼續進修，於是一邊尋找更好的社福工作，一邊投考懲教署作後備。報考紀律部隊，就只有申請懲教署的職位，因為覺得它的工種接近社工的專業，是對人的工作，應該能夠勝任。後來又真的收到取錄通知書，和家人討論後就入學堂了。

二十六個星期的訓練很快就過了，當然最初派駐院所，擔任班務工作時面對很大的衝擊，以前讀書實習的服務對象都是受虐婦女，但在女子監獄她們可能是施虐的悍婦、是黑社會活躍分子。後來適應了工作環境，發覺社工價值一直在我心內，即使要執勤板起面孔，也不期然會用社工口吻與人建立關係，及後再調派至戒毒所負責更生工作時，就更享受協助犯人投入社會的工作。

在更新事務組，試過參與公眾教育社區宣傳，從宏觀角度推動社會接納在囚人士，也試過撰寫評估報告及執行法定監管工作，類似感化官，形象更像一個社工。有時覺得，懲教主任和社工最大的角色衝突，在於究竟我有多信任個案人士能夠改過自新。如果用軍裝的角度，我要防備所有罪犯的巧言令色，避免因同情他們而被利用；如果我用社工的角度，我就要放下偏見，用同理心與他們同行，相信終有一天他們會洗心革面。這兩種不同的價值觀，一直是更新事務組的職員需要面對的內心掙扎。

和做父母一樣，究竟是嚴厲管教，懷疑子女在不斷測試自己底線，質疑他們的誠信，是否值得給予更多自由；還是循循善誘，相信子女在不同的成長階段，探索自己的能力和建構價值觀，需要我們的信任和陪伴。像放紙鷂，放得高但不斷線，需要爐火純青的功力，懲教工作就是這門功夫。如果你有留意，懲教署的徽章上有一個指南針，這工作就是為迷茫的人帶來方向。

職員最痛

懲教同事最怕是「換衫」，由軍裝轉做囚犯制服，職員變所員，那會有多難堪；而最痛就當然是子女親人犯法入獄，淪為自己的「客仔」。

久不久就會收到電話溫馨提示，某某人是某某職員的某某親戚，工作時請多多關照，高抬貴手。其實對於被關押的職員親友，根本沒有什麼特權，但最少管理層知道同事家出了狀況，避免安排相熟的職員照顧引起尷尬。又或者考慮到親友面對更大適應的困難，要多加留意他們的情緒。

職員下班要來監獄探訪自己的骨肉，也沒有特權，和其他人一樣登記排隊，想像一下這些職員家長，遇到同事接待，即使沒有人落井下石，但父母真的顏面何存？

試過替一個犯人寫報告，得悉對方的父親是資深的懲教署職員，安排家訪時也要謹慎處理。懷着忐忑心情，一再向職員及家屬強調要依規定辦事，如果問題太直白令他難堪也是無可奈何。職員爸爸點頭明白，媽媽就已經開始飲泣，未開始正式問問題，那份壓力已經籠罩整個屋子，始終是職責所在，必須了解年輕人的家庭背景，包括他們夫婦的關係、他們能否有效教導年輕人。

和其他報告差不多，問父母知不知道孩子的朋友圈子、平日流連的地方？爸爸說小時候喜歡去逛寵物店，媽媽說喜歡和同學去唱K。問他們知不知道孩子的健康狀況？爸爸覺得十分健康，媽媽說去年因為踏單車左腳骨折了。問他們知不知道孩子有吸食毒品的習慣？爸爸斬釘截鐵說今次才知道，媽媽猶豫地說懷疑他染有毒癮一段日子。……一路問，氣氛就越奇怪，職員爸爸最後選擇沉默了。

其實那位年輕人一早就告訴我，父母分居多年，家訪地址只有媽媽和年輕人一起生活，爸爸獨自在外租屋居住，過時過節才會一家人出外用餐，媽媽不批准爸爸回家。面對眼前這一對夫婦，我有點尷尬地問：「其實你們就着共同管教，會不會有什麼事情要補充？」

先安靜了一會，職員爸爸聲音沙啞地說：「是我虧欠了他們……」他忍不住流下男兒淚，媽媽倒是一臉驚訝，難以相信丈夫會崩潰，「這些年我只有工作，覺得交家用就足夠，沒有照顧家庭，沒有關心他們一大一細。彭姑娘你也明白，我們要輪班工作，工作的地方偏遠，有時候連電話也接收不到。雖然我知道這不是藉口……始終是我忽略了家庭，最錯是自己沒有盡父親的責任。」

其實我心裏很明白，懲教人員工作的環境很艱難，表面上是無無聊聊地陪人坐監，但實際上需要一眼關七，時刻提高警覺，因為面前都是社會上最極端的人，甚至是狡猾、暴力、具反社會人格的犯人。上班時已經消耗很多精神，下班又會帶着情緒回家，不知不覺之間影響夫妻關係、影響家庭運作。很遺憾，懲教工作就是教好別人的子女為己任，處理不好個人壓力就會忽略身邊的人，導致經歷「職員最痛」。

你做得到

「加個辣酒煮花螺！」

「要不要啤酒？」一邊下單，這個男仔頭女侍應一邊麻利地張羅桌面，做事很有幹勁。漂染的短髮加上雙臂的紋身，不是一個在街碰上敢招惹的年輕人。

她第一次入戒毒所時才十四歲，曾經轟動一時，因爲她是最年輕的製毒天后、大拆家。我那時也剛調任戒毒所，雖然不是直接跟進她的個案，但對她還是印象深刻。她還是發育階段，個子小巧像個瓷娃娃，精靈而且記性好，對話充滿童真完全未受毒品影響。

這個聰明小冰后姑且稱為Elsa，像膾炙人口的兒歌歌詞一樣，她對生命真的很 let go，吊兒郎當不會認真反省，由十四歲開始出出入入監獄，每次刑滿釋放就立刻玩失蹤，逃避法定監管，而且每一次再次發現她，都是因為犯了新的毒品罪行。她無親無故，家人害怕受牽連，一早就斷絕來往，我敢說，懲教署已經是她的家。

隔一段時間我就會在監獄見到她，見證這瓷娃娃成長，由小學雞長大成身材高挑的混血兒模樣。行走江湖歷盡風霜，每一次見面她好像比之前更憔悴。機緣巧合十年後，Elsa 成為我的監管個案，全世界都覺得她無藥可救，認定我可以在她刑滿第二天就發出通緝令，因為她一定會自動消失。

刑滿前一個月左右，剛巧碰上一名社工帶領學生作義工探訪，那位多事的社工哥哥不畏懼 Elsa 的殺氣，主動撩她「吹水」打開話匣子，她不習慣與社工傾訴心事，於是硬把我拉進去討論。忽然 Elsa 認真地問那社工，如果想工作有什麼選擇？我簡直不敢相信自己的耳朵！但當然也不動聲色，熱心的社工其後替她穿針引線，最後約法三章，Elsa 刑滿後歷史性開始職業生涯，在火鍋店當侍應。

說歷史性真的沒有誇張，因為這孩子從來沒有從事過正當行業，她的毒品王國當然不像黑社會電影那麼輝煌，根本就不靠譜。這次有社工裏應外合，即使我的同事潑冷水，也無阻我扻頭埋牆的熱血。千辛萬苦大力推動之下，Elsa 真的上班了！在工作探視時，偷偷觀察她的待客態度，真的有板有眼，我相信那段工作日子她真的遠離毒品了。

當然，好景不常，我也習慣了個案的主角們後勁不繼。大概兩個月左右，我還是要發通緝令，不過我心裏已經很安慰，連簽發文件的監督都嘖嘖稱奇，因為 Elsa 終於突破了自己，最低限度她踏出第一步嘗試過一些正常人的生活。

失蹤後她發了一個最後短信給我：「工作很辛苦，我捱不了，無面親口道歉。」遺憾的是我沒有再見過她，不知道她近況如何。我其實很想告訴她：要抬起胸膛，不要看扁自己，你是可以戰勝毒品的，你做得到。

懲教專業

紀律部隊需要紀律訓練，就是因為法律賦予了執勤人員在危急關頭，處理特殊任務時可以克制地、專業冷靜地使用「需要的」武力。比沒有訓練的市民，我們會小心評估是否需要使用及使用多大力度的武力去控制場面或保護人命。

在過往工作經驗裏，我也有使用過武力，試過要制止一名不停撞牆自殘的囚犯，口頭警告已經無效，眼見她求死心切，失去理智，只能用力抓起她把她按壓於地上送入醫院；也有試過有犯人打架，拿起膠椅子互相毆鬥，最終我們要武力清場。在學堂就已經明白，這不是一份普通的工作，我的工作環境可能有危險，必要時有需要使用武力去維持秩序，保護每一個在囚人士或職員的安全。

那麼，有沒有體罰年輕犯人呢？大眾傳聞在男性監獄有職員濫用私刑，但是我從沒有親眼見過，最起碼在女性院所工作時沒有見過職員粗暴對待在囚的女孩。不過我知道在那班阿妹眼裏，被罰跑操場、罰企、罰步操原地 mark time 等等，凡是挑戰體能的責罰都算是體罰了……

香港地小朋友都嬌生慣養，就算無錢吃飯都要坐的士，走一會路便汀流不止，無冷氣會焗死似的，當然不喜歡走進大自然、不喜歡運動。所以院所訓練對她們而言已經是挑戰人類極限，住的地方是非人道的。她們會投訴沒有牀褥，投訴只有蚊香沒有電子驅蚊器，投訴沒有防曬乳液……有阿妹不能適應，千方百計弄到自己傷風感冒，就是希望住一晚院所醫院可以享受冷氣；又試過有個女孩告訴父母在指定時間探訪，逃避體育課步操堂，奸計被識破後當然要加操罰跑圈。

對付頑皮的小丫頭，加長刑期也不及罰她們做運動更具阻嚇作用。其實當她們覺得做運動做體能很辛苦時，我們做職員的也沒有偷懶，因為我們不可以「睇罰」而是一起陪罰，運動場上加操，我也要在烈日之下一起曬！為了保障她們的安全，體能教練一般都會陪着一起跑，而且要作一個榜樣，如果只是高高在上指揮她們，又怎麼可以令人心悅誠服呢？

老老實實，年輕人精力旺盛，她們跑十個圈只消十分鐘就已經回氣，但我陪跑兩個圈，就已經要「扮有型」站在圈中間，一邊指指點點一邊喘氣。如果這樣也算濫用私刑體罰孩子，那麼我一定有自虐傾向。

雖然我已經離職，但間中聽到有人批評懲教署職員虐打囚犯，我仍然會皺眉頭，既然沒有真憑實據，為什麼大眾仍然傾向相信執法者是官官相衛呢？這些不公道的批評讓前線職員非常洩氣，也鼓吹滋事分子濫用投訴機制，誣陷職員，我知道樹大有枯枝，但我更加清楚有多少職員緊守崗位默默耕耘。

做女人當然明白患上乳癌的恐懼，萬一真的病了，想到可能是不治之症、想到要經歷無數次化療，一切都是身心上的煎熬。所以，當我聽到阿妹懷疑患上乳癌，就二話不說陪她在醫院呆等了三個小時。

阿妹是個混血兒，媽媽拋棄她而爸爸行船多年，自小就交由嫲嫲照顧，與父親關係疏離。老人家一直知道阿妹斷斷續續吸食毒品，逃避現實、逃避生活壓力。間中見到年老嫲嫲獨自到喜靈洲戒毒所探望阿妹，由碼頭走到探訪室，強風之下生怕會吹散老人家的骨頭，而阿妹總是眼淚在眼眶裏打轉，勸嫲嫲不要探訪。

三十幾歲人一直在酒吧工作，日夜顛倒，習慣濃妝艷抹，也習慣客人喝醉酒毛手毛腳。她也討厭這種生活，夢想就是嫁給高富帥外籍人士，然後帶嫲嫲一起移民，自己生個小寶寶，過一些幸福的生活。不過這個願望一直未能實現，有吸毒案底後就更加灰心，憂慮遇到好對象結婚也無辦法離開香港。

阿妹就是愛美愛作夢，有次家訪見她穿着小背心，展露了豐滿的上圍，我和拍檔也看傻了眼，她卻驕傲地笑笑說：「是假的，想不想摸一下？」我嚇了一跳，尷尬地拒絕了，雖然我的確很好奇那對加工乳房是什麼質感。阿妹總是認為，只要保持美貌就會有機會吸引到好對象，就有機會脫離紙醉金迷的生活。

她守行為的表現不過不失，為免她再吸毒，我們鼓勵她轉工。她思前想後，在嫲嫲的勸喻之下，她改為下午班，不再通宵達旦，而且也多了時間陪伴老人家。我也漸漸放心沒有特別頻密跟進，想不到臨近監管期滿時卻收到她電話。她的聲音有點抖，追問才知道她發現乳房有硬塊，懷疑患上乳癌。

她慌亂地問了很多問題，開始啜泣着：「抽組織痛嗎？癌症是絕症嗎？如果要切除乳房，我會變得很醜，我不再算是個女人了！男朋友會離開我……怎麼辦……我該怎麼辦？」

我隔着電話也感到她的惶恐，所以答應陪她到醫院等候抽取組織。那三小時的輪候，我們在大堂肩並肩而坐，討論有關乳癌治療和復康資訊，討論手術後生活、財政還有嫲嫲的安排。她忽然望着我說：「多謝你陪我來，我已經沒那麼害怕了，你已經浪費了三個小時在我身上，我知道你有事忙，我一個人可以面對的。」我告訴她等多一會都沒關係，反正都是工作時間，假如老闆質疑我開小差也沒辦法，她望着我用力地說了一句：「多謝你，把我當成普通人般關心。」

我心裏感到一陣溫暖，但也感到一絲無奈，犯人都是人，和我們一樣都是血肉之軀。一星期後，她真的收到確診乳癌的消息，礙於監管令快將結束，按法例我不可以再接觸她，唯有轉介其他社福機構跟進。最後一次見她的時候，她有點憔悴但仍然愛打扮。我常想像她已經康復，或者已經找到真心愛惜她的人，過着幸福健康的生活。

壞腦基因

第一次碰到天然美得像「嚫模」般的個案當事人，又高又瘦、手長腳長，身材玲瓏浮凸，就是不明白為啥沒有在遇到黑社會大哥之前被星探發現！

她強大的美人基因遺傳自母親。她母親四五十歲，但皮膚緊緻，臉上沒有歲月的痕迹，明明生了孩子，但身材好像少女一般，羨煞旁人。可惜除了美麗，女孩還遺傳了母親另一個基因——懶惰。

她們母女靠綜援度日，媽媽與爸爸因性格不合而分開了，但做三行的爸爸一直提供生活費。媽媽的生活也是多姿多彩的，聽說她是「觀音老娘娘」，收伏很多中年蝦兵蟹將，收很多各式各樣的貢品。我明白，過着這麼忙碌的生活又怎可能花時間找工作？媽媽要參加自力更新計劃，但她坦言每個月兩次，隨便帶着招聘廣告敷衍保障部職員，聲稱自己曾經見工但被拒絕，職員通常只會嘮叨她要更積極求職，之後繼續讓她申領援助金。

有這種母親就有這種女兒，阿女終日遊手好閒，兩母女總是在家討論最新化妝品、研究用什麼面膜，反正沒有錢的時候，爸爸又會給她零用錢。女兒要坐監是因為媽媽疏忽照顧，任由她和黑社會一起廝混，失身失蹤，在街被截查後送進兒童院，那時她才十二歲。可是兩母女都沒有收斂改善，繼續各有各玩，社會福利署感化官一而再、再而三警告阿女要重回正軌，否則夠十四歲時，她有機會因違反兒童保護令而被法官判入懲教署。

忠言逆耳，阿女繼續無視感化官，貪玩逃學離家出走，美魔女媽媽自覺無能為力。阿女夠十四歲時，法官認為要用監禁式訓練取代社區改過，這教訓對於阿女來說真的很大。在更新中心不可以打扮，所有髮型服飾要求一樣，沒有觀音兵沒有媽媽包庇，她真的要成長了。

為了參加美容班，她努力練習步操，得到職員推薦入讀，而且完成了證書課程，獲得初級美容師執照。可惜，當她刑滿回家與媽媽團聚時又打回原形，真是近朱者赤，阿女的懶筋又再抽動。如果不是要應付監管條款，她真的完全不會嘗試尋找工作，而她找到工作後通常不過三天就被炒魷魚了。

最後阿女又玩失蹤，問媽媽知不知道女兒下落？有沒有私下聯絡？媽媽又坦白承認，女兒其實間中回家沖涼，所以不太擔心女兒的安全。我真的快要崩潰了！

「媽媽，你知道她被通緝嗎？你再縱容她漠視法紀，繼續沉淪落去下去，可能被壞人溶掉，渣也沒丁點剩！」

媽媽認真回答我：「所以我鼓勵她出去交朋友，最希望阿女懷孕，有了孩子人就會定性，對不對？」

媽啊！這是什麼道理！難怪女兒每況愈下，原來是遺傳了母親壞腦的基因！

中間透明人

依香港生活環境，會生三個或以上小朋友的家庭少之又少，雖然我身邊也有這種朋友，但清一色承認第三個小孩是意外。有兄弟姊妹當然會熱鬧，但是要平衡多於三個小朋友的心智情緒需要，家長真的要有些細心，有些智慧。

有個阿妹來自三姊妹家庭，爸爸媽媽都是高學歷、有錢而且外型俊美的家長，他們有計劃地每三年就生一個孩子，不知道是「追仔」還是隨緣，反正一家五口幸福美滿。三姊妹各有特色，大家姐攻讀醫科，細妹藝術創作靈感強，考慮讀建築設計，總之都是前途光明，唯獨中間的阿妹成為監獄客仔。

排行中間的她偏愛中性打扮，但就是不做運動不能吃苦；她不想讀院所的美容課程，嫌棄愛美的同學弱智；但又不想報讀烹飪餐飲課程，因為要學習接待，覺得不夠帥氣。問她其實對什麼有興趣，想半天也沒有個說法，人在迷惘中不知道自己的強弱項，不了解自己的感受和需要。她就是那種典型的迷惘，不停地批評現況卻無法具體說出自己的願景。

院所定期安排親子探訪活動，第一次見識到她的家庭氣場。親子探訪有別於一般十五分鐘的探訪，家人會進入監獄內逗留一小時，可以擁抱女兒、一起吃零食。不要以為機會難得，家長一定會踴躍參加，我見過好多小朋友仍然是孤伶伶一個人吃零食，由我們職員充當「代母」參與當日活動。

話說回頭，當日阿妹的家人簡直是星光熠熠，步入監獄時有種踏紅地毯的味道。父母保養得宜，家姐帶了個像荷里活明星的未來姐夫入來支持二妹，年輕的細妹明明仍在求學，但也打扮入時得像個名媛，還要有一個健碩的未來妹夫做護花使者，一行六人戴著墨鏡，差點以為什麼總理來參觀捐錢！他們一家人溝通是中英普法語夾雜，如果不是在監獄，又如果抽起了排行中間的阿妹，這個不就是報紙上見到的完美家庭嗎？

雖然全家總動員，但不覺得他們之間有什麼深刻的交流，看得出來阿妹並不開心。及後得知阿妹離開監獄後申請不能守行為，因為家人計劃送她到美國留學，重新開始生活，阿妹「勉強」接受安排，但向父母要求離開香港前買新衣服。結果，她購物時趁媽媽不留神，轉身拔腿就跑了。

發出通緝令後三個月她自首，很奇怪她為什麼有大好前途都要放棄？她哭鬧說：「去美國讀書無意思，我不像姐姐般會念書，又不及妹妹漂亮，送我走因為我是多餘的！我討厭爸爸媽媽生了我出來！他們不明白，做透明人是多麼痛苦！」

保護母雞的小雞

「一言九『頂』」、「寸嘴」、「金句王」、「藐嘴藐舌」，全部可以同時放在這個阿妹身上。這個阿妹倔強、聰明、心地善良但又有點兇惡，是那種人不犯我、我不犯人的性格，如果招惹她必死無疑，非常愛恨分明的性情中人，卻因為一宗車輛上藏有毒品的案件判入更新中心。聽她的版本是，富裕的男朋友借了另一個朋友的車帶她遊車河，被警方截查時搜出微量毒品，她的男朋友成功脫罪，而她雖然否認控罪，但環境證供足夠定她的罪了。

守行為期間她從事零售化妝品，本身皮膚白裏透紅，完全可以當護膚品代言人。推銷美容療程就最拿手，而且為她賺取很大的收入。每月都準時工作，唯獨是假日很少在家，後來才知道她和一些富二代二世祖拍拖，透過人脈支撐每個月的營業額，舊男友雖然都是同一圈子的有錢人，但她報復的方法非常實際，就是向他的女性朋友埋手，游說她們買化妝品協助「跑數」。

可能有點拜金，但她總算是個成熟的女孩子，能夠獨立生活而且可以養家，相反，她媽媽是比較懦弱窩囊的那一種婦女。每一次見到她，她都會老淚縱橫，怪自己沒有能力保護女兒，沒有錢打官司，女兒在旁聽到就會翻白眼，最初我也會訓話一下阿妹，着她留在家陪媽媽，後來我才知道她把一半收入供養媽媽及供初小的妹妹讀書。

她媽媽離婚後患上抑鬱症，而且來港多年也未能戒除鄉音，因此受到歧視，沒有信心工作，阿妹不想見她辛苦洗碗，所以開始與富二代打交道，予人貪慕虛榮的感覺。

「其實你個人都幾物質主義？」

「彭主任，女人最緊要有錢傍身！你看我媽就明白。」

「但自己工作不夠，還要靠男人供養嗎？」

「錯，我沒有靠男人供養，我是靠手段令到他們乖乖給我買東西。我不再相信男人，也不會倚賴別人，我爸爸就是一個例子。」

原來當年父親不止拋妻棄女，阿妹曾經目擊爸爸毆打媽媽，當時她只可以抱着兩歲的妹妹，跑了出家門。媽媽無力反抗、軟弱嚎哭的影子，令今日的她偏執地相信只有金錢才可以保護家人。到監管令差不多屆滿時，她仍然努力賺錢兼且希望嫁入豪門，我無辦法改變她這個思想，不過她有自己的打算，她告訴我已經儲夠資金鼓勵媽媽在領展租個小店售賣餃子，下一個目標是自己做網上美容產品生意。其實，我覺得她雖貪錢但沒有銅臭，只是替她要擔起頭家而感到辛苦，希望她們生意興隆吧！

男孩故事

男受訓生不是我首要的接觸對象，通常在判前評估組時接觸較多，印象中都是活躍、精力旺盛、頭腦簡單的大孩子，我想男生沒有女生那麼早熟是事實。

有次在青少年座談會擔任司儀，邀請過來人分享經驗，勉勵年輕人不要重蹈覆轍。負責分享的男孩打扮時髦，單看髮型應該要用半小時才可以梳出那種韓星味道。西裝筆挺的他原來是地產代理，有點驚訝他有案底仍然可以投身這行業，他解釋因為當年犯傷人罪，不牽涉不誠實及欺詐行為，而且有義工團體協助，得到品格支持，最後完成了考試並取得牌照，這幾年收入不錯，算是能夠成功由暴風少年轉型為實幹青年。

閒談之間有感他飽歷風霜，有一段長時間迷失自我。雖然爸爸媽媽沒有放棄他，但那時他只覺得父母好煩，生活好煩，所有事都好煩。小學有品學兼優的光環，升中成績開始落後，自己不能接受中學時的失敗。回想起來他覺得沒辦法適應中學生活，可能純粹因為荷爾蒙變化；又可能因為失去小學的師友，取而代之是更多的自由時間與陌生人在球場打波，亦是那段時間學壞了。

他笑說壞人就好似便利店，總會有一個在附近，但壞人是否有機可乘，就在於誰人把握了年輕人徬徨的時間，在對的時機出現了錯的人，就會左右年輕人的一生。

看準他因升中階段的劇變而產生巨大壓力，黑社會損友乘機伸出橄欖枝，陪打波、陪吐苦水，提供免費毒品，一下子打開了這個年輕人的心扉。反觀爸爸形象木訥，日以繼夜地工作，媽媽平庸囉嗦，他在父母身上找不到活力，找不到方向，看不到理想的未來。他分享時感慨，如果當時出現的不是壞人，而是一個誠懇實幹的籃球隊隊長，就應該會受他影響努力學習打籃球，今日就可能代表港隊了。

問他如何成為地產代理，他說是同一道理，刑滿釋放後覺得社會很陌生，再次覺得好迷失，但有了教訓學聰明了，尋找身邊有什麼好榜樣，就這樣跟年長六歲的表哥取經，投身這個行業，他希望像表哥一樣，三十歲時有自己的事業，這是他渴望的出人頭地。

家長很難控制什麼人、在什麼時候出現在孩子的生命裏，但在成長中的決定性階段，或許可以安插一些正面的榜樣。家庭裏沒有，父母自己不夠魄力，不妨考慮向學校老師、社區社工求助，甚至乎一個成熟正直的補習老師，也可以扶孩子一把。不要埋頭苦幹地生活，孩子未明辨是非之前，很需要我們有意無意之間，協助他們跨過迷惘的階段。

兄弟

曾經收過一個朋友電話求助，問及還押期間應該如何向感化官及懲教署職員交代案件，說白了是問我有什麼貼士，可以引導對方寫出一份「得體」的求情減刑報告。我敢說，如果香港公職人員都習慣收受利益，寫報告這個崗位一定可以豬籠入水，因為面對親戚朋友犯事，大家一定會像熱鍋上的螞蟻，我朋友也因為細表弟入獄，一家人寢食難安。

其實我只能夠解釋正常程序，沒有什麼心得貼士，法庭如何判刑不單倚賴我的報告，還會考慮個案的家庭背景、刑事紀錄、案件嚴重性、對社會的影響還有當事人是否有真誠悔意。官老爺每天遇到多少案件，是否真心悔改又怎會逃得過他的法眼呢？

討論時朋友忽然悲從中來，原來她負責陪同姨媽一起探細表弟，見到他們痛哭流涕，心理很不舒服。家人一向痛錫細表弟，他和大表哥歲數相隔十年，大表哥非常關心他、遷就他，就算明知嬌縱也隻眼開隻眼閉，多年來寵着一個土皇帝。今次的事故讓大家又心痛又自責，而剛好大表哥投考警察，已經到了最後面試階段，人人都勸他不要去探監，怕會影響面試。細表弟也自知有罪，不敢奢望見到哥哥，更加害怕連累家人，傻呼呼以為探監紀錄也會送去警察人事科，因為愧疚怕影響哥哥，真的想過自殺。

過了一段日子，朋友傳來一個訊息表示細表弟判了感化令，算有機會改過自新。他覺得細表弟乖了成熟了很多，會認真上學，也願意準時回家，多了陪伴家人。他學乖了的其中一個原因，可能是在法庭上大表哥交了求情信，當時他們兩兄弟在法庭上見面，各自眼紅紅默默垂淚。法官花了點時間閱讀大表哥的求情信，之後訓斥細表弟魯莽任性，傷害了愛惜他的家人，念在家人支持及有悔意，所以從輕發落，今次算是一個小懲大誡，管束一下這個小霸王。

手足情深，相信哥哥內心一家充滿掙扎，他既然想投考警察伸張正義，多少對司法制度存有敬意及抱負，但偏偏弟弟被寵壞，他可能會自責沒有樹立一個好榜樣。

我聽過很多年輕人跟隨黑社會大佬的原因，其實非常簡單，就是覺得大佬會關心自己，會教他們追女孩，教他們如何避開警方耳目，難兄難弟似的。我很好奇，為何家中的親兄弟就總是充滿競爭，或者欠缺有效溝通，結果讓黑社會大佬有機可乘？

手足情深，做哥哥姐姐就會明白，自己會分擔父母的角色，就像我朋友的情況，姨丈四出奔走尋求法律意見，姨母四處求神問卜，保佑細表弟平安。而最能夠勸說細表弟改過自新的，可能就只有大表哥，因為自小共同成長的感情，比任何一個家庭角色都更有共鳴。

鞠躬

押解犯人到殯儀館鞠躬，不經常發生但又似乎是工作生涯裏面必經的。有同事很膽小怕鬼，通常把犯人帶到去靈堂望住照片鞠躬就完成差使。我就與犯人溝通，如果他希望瞻仰遺容，我也不介意押解他到先人面前一起瞻仰。將心比己，永訣的痛可以蓋過恐懼。如果犯人的家人泉下有知，請保佑你的親人洗心革面改過自身吧！

奔喪需要署長特別批准，就保安措施有一系列繁瑣的安排，因為申請需時，犯人家屬通常同步準備「孝衣」，不過最後沒有批文的話，刑滿時可能會抱着未穿過的「孝衣」哭着回家，事實上有些甲級囚犯就是因為沒有機會出外盡孝而終身抱憾。

由於預備文件需時，不成文規定都是家屬定了大殮時間，犯人才會開始申請奔喪，所以通常都是在殯儀館見到押解職員。但另一個可能性是，醫生證明親人已在彌留狀態，犯人也可以嘗試申請外出見親人最後一面。不過沒多少個醫生夠膽確認「彌留狀態」，又沒有多少個家屬可以彌留數天之久，等到犯人外出探視的批文批出，又很少不怕事的職員，願意把握時間為犯人爭取探訪彌留的家人。

但剛巧，我認識這樣一位同事某君。

某君負責跟進一名與父親相依為命的年輕男受訓生，當他爸爸的癌症到末期時，男生仍未完成訓練，而他爸爸體力不支，不可能長途跋涉去探監。透過電話聯絡某君，他爸爸覺得今次捱不過，沒有機會出院，表示非常憂慮兒子；而男生一直堅強沒有留眼淚，除了寫信給爸爸，還請求同事某君代表探病。

病爸爸似乎真的時日無多，最後心願是見兒子一面，同事某君向醫護人員說明原委，不知何故醫生和同事很快就決定冒着「厚多士」的譏諷，嘗試當爸爸進入彌留時立即發出醫生證明，並調動牀位以滿足保安規格，將逃獄風險降到最低。某君也要盡力游說長官及其他同僚全力配合，儘快處理申請文件及作出幾套準備方案，縮短由獲得署長批文至安排出押解車的過程。

就這樣文件往來之間，半夜傳來醫院消息，那爸爸氣促陷入半昏迷狀態；凌晨，院所收到醫生證明書，他不行了，要通知受訓生起牀；清晨，收到總部批文，第一班車出發，全速押解那男孩前往醫院。

當時同事某君拿着電話，全程沒有一個人說話，大家心知肚明這將會是永訣，而同事心裏祈求那爸爸要堅持，他很害怕千辛萬苦，最後年輕人出去只能見到冰涼的屍體。

冥冥中總有注定，那爸爸可能聽到醫護人員的鼓勵，或者他太掛心兒子，他沒有咽氣，當兒子到達病榻前還迴光返照，可以張開眼睛看清楚兒子。大家都網開一面，讓父子握手，他們就這樣對望了一會，在兒子的耳邊呢喃，最後兒子鞠躬多謝父親照顧，這成了最後道別。回監獄的路上，那男孩終於放聲大哭，同事某君也鬆了一口氣。過了一晚，他爸爸與世長辭了。

我問同事某君，明知道冒這個風險很麻煩，為什麼堅持幫助他？他聳聳肩簡單地說：「孝生不孝死。」或許這個孩子真的會痛改前非，不會再讓他父親失望。

緊急宿舍

做監管組的同事，一定試過三更半夜替個案當事人尋找緊急宿位。香港地少人多，醫院牀位都不夠，哪會有人記得邊緣青年也需要一個安枕的地方？試過很多次凌晨收到家長投訴，與子女吵得面紅耳熱，發誓如果孩子還在家裏過夜必定將他碎屍萬段。

收到這種恐嚇電話，誰還敢掉以輕心？披星戴月也要立刻家訪，了解事情原委，並作出調停，但有時當說客不成，反而像個收買佬，要撿走一個人球。安排緊急宿舍，親自帶年輕人入住是非常折騰的，由夜晚到天光，陪伴着萬念俱灰的年輕人，自己也體力透支。

有時候覺得那些年輕人很可憐，父母心情不佳小事化大，有時候捱罵忍不住回了一句，就會令父母大發雷霆，把從前犯法的醜事搬出來，每句說話都「夭心夭肺」地奚落年輕人，弄到他惱羞成怒，雙方勢成水火；好好歹歹也是自己骨肉，關門教仔便成，偏偏要弄到粵語殘片那種清理門戶，把孩子趕出冷巷。試過有次收到家長投訴，趕到女孩家門口，發現她蹲在門外抱頭痛哭，秋涼天冷才穿件小背心內衣，這簡直是虐兒！

又有次安頓女孩入住宿舍後，在宿舍樓下遇到另一組男同事，剛好也安頓了一個男孩，我們一碰面就互吐苦水，覺得自己的個案對象太可憐了。原來他負責的男孩的父親正在大陸坐牢，所以與任職酒樓知客的媽媽住在一起。那媽媽很年輕，經常夜歸並且帶男朋友回家過夜。那男孩在地盤工作，天一亮就上班，向來不過問媽媽複雜的感情關係，只求可以安睡沙發好好休息。可是今晚，媽媽和男朋友吵架，把他吵醒了，他隨口埋怨說了一句粗話，就換來媽媽男朋友的掌摑喝罵，就這樣三個人混戰起來，結果反鎖男孩在屋外，他也是借鄰居電話才可以向同事求助。

「個仔不停喊，告訴我快忍不住了，自己媽媽都嫌棄他趕他走……收到電話，聽到他沙啞的聲音就心知不妙，那時我正和女朋友吃火鍋，滿桌都是食物……唉！說句公道話，一個大男孩願意努力工作，每日分一半糧予媽媽當交租，又對那個男朋友隻眼開隻眼閉，算乖了吧？還要趕盡殺絕，那是逼自己兒子走上盡路！這些父母害人不淺，連累我要買禮物向女朋友賠罪……」

我都搖頭輕嘆，可能那些父母嫌棄子女曾經坐監，是一個恥辱、一個包袱，所以想狠下心腸「遺棄」他們，他們好像比流浪小貓小狗的命更賤更可憐。這樣，你叫這些年輕人怎會有動力改過自新，再次信任成年人呢？

戴手扣的產婦

人生第一次入產房，是因為醫院通知我，有一個通緝犯「作動中」！

老老實實，通緝令是我調職之前，上一手留下來的，我和拍檔都不認識這個人，女孩已經潛逃了四年！那時候我未結婚，也沒有考慮過生孩子，我拍檔就更加厲害，她曾經因懷疑自己懷孕，在診所等候報告已經血壓飈升至暈倒。可想而知當我收到通知，要確認一個穿了羊水的女人，是我負責的通緝犯，整件事是多麼的奇怪，全個寫字樓都嘖嘖稱奇，掩着咀巴笑我和拍檔榮升婆婆。

硬着頭皮到達醫院，反正都是女人而且執行公務，護士都沒有阻止我進入產房。公家醫院牀位爆滿，只用簾子分隔幾位媽媽，拍檔事後形容自己進入了屠房，被此起彼落的淒厲叫聲嚇破了膽。戲劇性地，我們要確認身分的女孩，被安排在走廊最尾的牀位，拉開簾時三個人都覺得奇怪，因為大家都不認識對方。而且……她已經屈起雙腳，陰戶大開，我和拍檔都不知將視線放在那兒才好。

不夠一會兒她又陣痛了，我趕緊在拍檔暈倒之前，匆忙地介紹了自己，簡單確認了她的姓名和家人聯絡電話，一口氣交代了軍裝職員過來替她打指紋，並正式於生產後轉往羈留病房休養。其實她瘦骨嶙峋滿頭大汗，而且右手仍被警方鎖了手扣在牀邊，恐防她會逃走……唉，我也不忍心浪費她一口氣。護士告訴我，她開了三指還有很漫長的痛，當時我未有產子概念，所以很擔心會像電影一樣，隨時會有血淋淋的場景……

最後她誕下一個健康的女兒，兩日後醫生批准出院，嬰兒交由她的母親照顧，而她就移送院所繼續服刑。沒有坐月子也沒有薑飯薑茶，只是在院所醫院再休息了兩個星期，就回到成年犯人工作的地方，與一般服刑無異。雖然剛剛生產完，但她精神不錯，而其他在囚人士都願意分擔她的工作，減少她的操勞。三個月刑滿後就回家照顧幼女，計劃一年之後和男朋友結婚。

我問她過去四年的生活是怎樣，原來她一直東匿西藏疲於奔命，當她發現懷孕時，反而覺得放鬆，決定要小朋友時就下定決心回監獄「找數」。只是懷孕期間男朋友和母親很想留在她身邊，所以一直未有自首，也一直不敢做產前檢查。她很擔心胎兒發育，到最後可以生下一個健康的女兒，令她非常感恩。

她一直猜想胎兒的性別，如果是男孩，名字中要有一個「正」字，如果是女孩便用「希」字。這段時間她反思了很多，後悔當年的任性，浪費許多光陰，現在成為了母親，她期望小朋友身體健康，「行得正企得正」做個有用的人。我相信希希小妹妹是她母親堅持的力量，她應該不會行差踏錯的。

逃犯遇桃花

有戒毒所同事分享高峰期的時候，手上同時有四十張通緝令，隨時行街看電影碰巧隔壁的就是一個通緝犯。為了將他們繩之於法，我們會去他們報稱的地址、附近的休憩場所或者年輕人聚腳的地方尋找他們。不過，情況像單身多年求姻緣，刻意去找通常只會碰壁，無心插柳反而會碰上撲鼻桃花，我就是這樣拉了一個逃犯。

那次拍檔放大假，我和另一位同事跨區工作，不是我熟悉的小區，正在尋找巴士總站，當穿過商場天橋時，碰到一張熟悉的面孔。那粗魯頑劣的女孩，現在卻小鳥依人，甜蜜地拖着男朋友拍拖，沒想到「撞口撞面」竟然是我這個彭主任，我們四目交投時，她的震撼應該用「遇見前度」來形容，總之我的出現是棒打鴛鴦，破壞她的大好姻緣……

三尺距離加上她已經呆若木雞，我沒理由放過她，可是身邊的護花使者已察覺氣氛不對，似乎想拔足逃跑亡命天涯……大街大巷使用武力的風險實在太大了，唯有動之以情，同一時間，聰明的拍檔已經暗地聯絡辦公室尋求支援。

我踏前一步輕輕拖着她的手寒暄一番：別來無恙嗎？介紹男朋友給我認識好嗎？想不到你有個頗俊俏的男朋友……雖然男孩死命拉着她，但女孩已放下戒心，甜絲絲地分享和男朋友拍拖的經歷，本來女孩和我的關係也不差，言談之間男朋友態度開始軟化，沒那麼凶神惡煞了。

等待支援的時間好像很漫長，唯有保持冷靜聆聽她的故事。原來她當日貪玩不守監管令，離家出走，令母親很憤怒，所以自己後悔後也不敢回家，落泊街頭，輾轉之間，跨區認識了新朋友，包括現在的男朋友仔。不知道是哪門子桃花，這段時間住在男友家，人家父母已經認定她是半邊女兒，即使有案底，即使在逃也不介意。女孩是個粗粗魯魯的人，說話直腸直肚，想不到遇上一個正經的男朋友，雖然輟學但在車房學師，算不過不失。

說着說着，支援的同事已經到埗，有驚無險地把她「騙」回去。其實她不反抗的最大原因是希望和這男孩子有認真的將來，她失蹤三個月，拍拖極其量才兩個月，為什麼肯定是他？女孩自信滿滿說：「沒有最好的人，只有能把握的機會！」

我心裏翻了無數個白眼，不過又真的沒有給我看扁，小情人被監禁後，二人好像異地戀般靠書信維持感情，好老土但又似乎奏效。離開院所後她乖乖地找到工作，也把男生介紹媽媽認識，雙方家長都緊密聯絡。監管期快完結時，女孩竟然奉子成婚！我充滿憂慮問女孩的媽媽，你肯接受這個男孩嗎？她笑說，難得有人可以管自己的女兒，快點嫁就好了！我真是一地眼鏡碎。逃犯遇到好桃花，既然幸福我也無話可說，唯有祝福他們努力面前，給下一代一個有愛的家。

探訪老人

朋友說媽媽跌傷盆骨，入住香港島一間老人院，我們討論了一下那兒的服務，言談之間，朋友很好奇為什麼我對該院舍有深入的認識。那是因為我曾經帶教導所童軍前往該老人院作義工服務，知道那地方環境清幽，歡迎不同團體入內陪伴老人家，更重要是他們不會歧視年輕犯人。

在男女教導所各有一隊特別的童軍隊伍，他們會穿上童軍制服，定期出外提供義工服務，孩子當然非常期待，一來可以離開監獄抖氣，欣賞一下沿途風光，二來和服務使用者互動，可以補償失去與家人相處的時光。

一般而言，我負責與老人院聯絡，活動內容就由童軍設計，我會提供意見讓她們考慮和準備物資，通常活動都能如期進行，老人院也會儘量配合，希望這一支特別的童軍能夠透過義工服務獲得滿足感。當然凡事總有例外，由於剛巧有幾位需要坐輪椅的老人家新搬入老人院，可優先參加活動，所以女童軍服務對象有別於以前，更具挑戰性。

面對參加者是一些活動能力限制較多的老人家，女童軍懂得準備的活動大都不可行，主力活動設計的童軍心裏很焦急，當可以玩的遊戲已經完成後，還剩下十五分鐘時間，她氣急敗壞地向我求助，於是我引導她，假如你只有一雙手，你可以為老人家做什麼？你又認為坐着不能動的老人家，最需要什麼？

沒有太多的提點，那個童軍發號施令，一對一地讓女童軍握著老婆婆的手，開始替她們按摩手腳、揉揉膊頭，礙於老人家的鄉音，大家沒辦法溝通，過程中沒有太多說話，但是一兩句婆婆痛不痛？婆婆就已經面露笑容，感覺滿足的點頭。

事後和童軍做了一個簡短的活動檢討，原本很緊張的小首領表示，最初覺得很失望，認為自己準備不足令到老人家不能盡情享受活動；我問她最後活動氣氛改善，是什麼令你最後選擇替婆婆們做簡單的按摩？

原來，當我提示她可以考慮一雙手的功能時，她腦海想起的就是小時候嫲嫲搓湯圓，黏滿白色麵粉的雙手。因為父母忙於工作，她自幼跟嫲嫲同住，由嫲嫲照料，如果時光倒流，她最希望可以孝順嫲嫲，替她按摩肩膊、替她分擔家務。她又想了想：「我想，這些婆婆會希望有人陪伴，有人抱抱她們。」說罷自己垂下頭，強忍眼淚，其他年輕人也眼紅紅鼻酸酸的。

不論是失去活動能力困在老人院的婆婆，還是犯事失去自由的年輕人，在一老一少相處的短短時光，彼此都需要一個真誠的擁抱，那份溫暖勝過千言萬語，也讓一群迷途羔羊找到方向。

父子三人行

俗語說寡母婆守仔可憐，換個性別，中年男人戴了綠帽，妻子拋夫棄子，一個人帶着兩個小男孩，也十分淒涼。這個「寡父」的大兒子已經輟學工作，和他一樣是藍領工人，他期望聰穎的小兒子會努力念書，可事與願違，小兒子犯法進了教導所。

教導所童軍活動包括野外定向訓練，挑選一些品行好，逃跑風險低的年輕人參加，他們能像普通青年一般，參加社群活動又可以增廣見聞，通常獲選的受訓生都很合作，免費的野外活動體驗，一班兄弟青春熱血的回憶，參加者通常都充滿期待，很少惹是生非。偏偏這一回其中一個男孩，在荒山野嶺突然「挑戰自我」，離開大隊另闢山路，結果勞煩大隊搜救，腰斬行程。他的貪玩及不自量力換來延長監禁的懲罰，這孩子就是寡父的小兒子。

知道這事件，這位父親感到非常憤怒，怪責兒子貪玩，又氣懲教署延長監禁。他一心以為小兒子快將獲釋，幾經辛苦終於安排了兩星期的空檔，打算一家三口回鄉下當旅行散心，延長監禁打亂了他的計劃，所以不斷質疑懲罰是否過重、有沒有其他罰則等。愛兒子而將歪理變道理，都不是陌生的事，我們見怪不怪。矛盾是那邊廂爸爸為兒子保駕護航，投訴職員不是，這邊廂兒子卻嫌回鄉麻煩，不體恤父親的安排，向職員申請禁止爸爸探訪，同事就卡住在中間，兩邊不討好。

他們父子倆的愛恨糾葛當然一直維持，守行為期間經常一言不合就意圖大打出手，但過了一晚就和好如初，真的沒有隔夜仇，同事都習慣他們兩個「耍花槍」。有次在監管人員面前吵架，小兒子奪門而出。像做戲一樣，一個職員要追出去安撫年輕人，另一個職員就留在屋內處理情緒崩潰的爸爸。可是像電視劇橋段一般，話音未完，抽着三罐啤酒的大哥哥便回家了，他打趣地說：「半小時前才說好一起看足球賽，現在你又把弟弟趕走了？還未開波已經一地花生！」

爸爸聽罷面色尷尬，哥哥從容與職員攀談，果然不夠五分鐘小兒子就擦乾眼淚回家。清官難審家庭事，他們一屋三個男人都習慣壓抑情緒，礙於面子不肯把關心宣之於口，但明明就三為一體相依為命。男人的情緒，難懂。

二十歲當媽

在人多擠迫的車廂內，感覺什麼在摸我的屁股！哼！老娘的香臀也敢碰！正想回頭捉拿色鬼，卻發現磨蹭着我屁股的是一個小頭顱……

這傢伙坐在BB車，揉揉眼望了我一下，又不客氣地靠着我大腿打瞌睡了。這個小人兒和我的兒子差不多大，他媽媽和鄰座的外籍人士認真交談，內容涉及隱私，不過全車廂內會英文的乘客，都能聽懂她們的對話。最震撼的幾句是，小孩沒有爸爸，一直靠媽媽獨力撫養，她受盡白眼但也沒有後悔，因為BB支撐起她的生命，讓她更積極生活。

有點驚訝但不好意思搭訕，還是僵立着低頭滑手機，裝着不懂英語，讓BB靠着我睡一會好了。看着這位二十出頭的年輕媽媽，有些心痛，不過她堅強的笑容就是不要別人同情，我這些路人甲沒有歧視就算是支持了。

我媽二十多歲結婚生小孩，沒有人質疑她年輕沒有學歷，不懂帶孩子。但今時今日年輕女子當上母親（加上沒有丈夫），總會被人嫌棄，扣上各式各樣的負面帽子：被情騙弄大肚子、有眼無珠前途盡毀、「腦囟未生埋」遺禍人間、申請綜援浪費納稅人金錢、打尖領公屋……但退一步想，她一個人照顧小朋友，托兒時間去上班、買餸煮飯全年無休，努力面前不招惹別人，都算是個稱職母親，有什麼丟人現眼呢？

以前在懲教署工作，接受監管的女孩久不久就有一個未婚懷孕。她們都未夠二十歲，有時候真的不知道誰是經手人，又有時候知道誰是爸爸——那些「執到喊三聲」的渾蛋，我們這些監管人員便會鵝頸橋神婆上身，連聲咒罵，寧願BB無老竇也比有這種老竇好，替女孩及腹中塊肉憂心。她們可能選擇與男朋友快速註冊或者終止懷孕，有被逐出家門要安排宿舍，也有父母「收留」在家待產，但附帶條件老死不可再與 BB 生父往來……無論是什麼結局，對年輕媽媽來說都是不歸路。從前我未當媽媽，也有份指手畫腳評頭品足，但現在回想起來覺得慚愧，其實這些女孩，願意認真學做一個媽媽，勇敢承擔後果，值得我們給予尊重。

無容置疑，年輕媽媽需要額外社會資源，而且未必能發奮圖強，從危機之中成長，更可能引發很多道德問題、跨代社會問題，但也請不要妄下判斷，一竹竿打一船人，認定後生女當媽便是社會負累。可能物極必反，以前受監管的女孩，人生本來就已經爛透了，小生命的到臨反而是契機，讓她們有了生存的希望，有改過的動力。她們目不識丁但會苦讀育嬰資訊，從前睡到日上三竿，但為了孩子可以準時上班，只為多賺一塊錢。

在香港當媽媽本來就不輕鬆，年輕單親媽媽更加會被人標籤。或許我們給予多一些空間和關懷，少一些批判的聲音，這些女孩也可以是個好媽媽。

高妹

我算長得高大，由小學一年班開始排隊由尾數上第一，坐在班房好像永遠是最後一排。小時候覺得生得高很討厭，因為任何一個小動作、淘氣搗蛋的行為都會被老師察覺，久而久之，老師眼裏面的我是頑皮的高妹。這個印象大概到了中學才有改變，因為有其他同學比我高，而我又似乎不是最麻煩的學生了！

長得高大的而且確會讓人留下印象，這個守行為的高妹，比我還要高個半個頭，手長腳長但是傻頭傻腦。由於心腸很好，所以朋友之間遇上了麻煩，她就會兩脇插刀拔刀相助，包括偷家裏的錢、包括逃學去支援失戀朋友、包括替人把關看風，甚至到最後被出賣要負上刑責，她仍是甘心命抵。

「為了朋友，你可以去到幾盡？」高妹坐在我面前，垂下頭望着自己的檔案，若有所思。她早已忘了從什麼時間開始討厭父母，轉而重視朋友。最初是貪玩逃學，覺得成年人很無聊，只會批評管制，覺得父母不了解自己，朋友比父母更重要。為了友誼永固，她表示忠誠、關心及信任，她從來不會質疑「死黨」的行為及動機，如果有這種想法就代表「不夠老死」，不信任不尊重朋友，下場會是被人杯葛，變成獨家村。

「我一直覺得他們對我很好，我沒有地方過夜的時候，他們都讓我睡在梳化上，而且願意給我吃杯麵。」

「要不是你選擇離家出走，你爸媽每天都給你煲湯煮麵吧！」

「彭主任，重點是朋友們雪中送炭，那杯麵代表了大愛！」

「明明是你自己選擇不回家才要吃西北風，不要過分美化你的朋友吧！」

「你不明白，我媽真的不讓我吃杯麵，很討厭！這些小事都管，是我爸我媽逼走我……嗚嗚……」

牛高馬大的十六歲女生仍然這樣孩子氣，為了父母不容許她吃零食，為了一個杯麵，我們深入討論了一個小時，真的讓我哭笑不得。

她抗拒爸爸媽媽總是以關心之名、以健康理由、「為你好」的原因，而替她決定誰是好的朋友、應該與什麼人為伍、應該吃什麼、應該穿什麼、應該什麼時間睡覺……她解讀這些瑣碎的意見為不信任——不信任女兒有解難能力、不信任女兒有邏輯思考、不信任女兒能成熟獨立。

這麼稚氣的少女，我當然理解為啥父母死不放心，凡事都替她作主；但這又是一個死結，究竟是她的幼稚需要我們加緊約束，還是我們管得太多、剝奪她成長的機會？由於她的豬朋狗友不會批判她、不管她，她誤以為這些是「尊重」，讓她感到存在的重要性，自我感覺良好，更甘心為他們賣命，換來一份「我是能幹的」的成功感。

我替高妹感到無奈，身形突出但是表現平庸，從沒有給人留下什麼正面的印象，在家庭中也得不到任何成功感，最後才會為損友留有案底，我很為她的遭遇感到不值。

遲來的蛻變

機緣巧合成為社工學生的實習督導老師，想當年在懲教署工作時候，也協助過三位實習同學。他們都很熱血，具批判思考，雖然沒有想過要如何顛覆社會價值觀，或為在囚人士爭取什麼待遇，但是他們都會思考如何在實習期間，以人本精神去關心年輕在囚人士，希望設計有效果的活動。

回想當年工作環境士氣低落，自己也曾慨嘆實習同學入世未深，懷疑在囚人士會否被感動作出改變。但同時，又真的被同學們的衝勁和熱誠所感染，反思自己能否更努力、不輕言放棄年輕囚犯。

礙於執法的身分，當在囚人士完成法定監管，即是「守完行為」之後，我不可以與個案當事人保持聯絡。除非他們再犯事判囚，否則我根本不會知道他們的生活如何。間中會有一些女孩寫信回來，透露近況報個平安；更罕有地會遇上一些成功改過自新，而又願意回到懲教院所做義工的過來人。不過，這些消息屬於少數，由於我沒有辦法知道個案當事人的近況發展，唯有祈求不要在院所碰面，假設他們已經重獲新生。

記得有一位年輕人服刑時爸爸病歿，她獲批准可以離開院所數小時送殯；當時負責押解的職員有點迷信，到最後押解那女孩到遺體面前的是我和另外一位主任。女孩一身素服但戴上手扣，一雙大眼睛充滿淚水，努力地控制情緒，呆立着瞻仰遺容。

後來有一次朋友聚會，在尖沙嘴的一家高級餐廳用膳，迎面而來的女侍應很面善，她也認出我，不過我們沒有打招呼，只是交換了一個眼神。其實我內心很激動，雖然她只是一個侍應，但她的制服整齊，做事痳利，可以用英語介紹餐單，這女孩長大了。

最近收到一個朋友發來的照片，她跑去當髮型學徒的模特兒，替她設計造型考試的學徒，竟然是我當年的個案當事人之一。她守行為的表現強差人意，沒有遠離損友之餘更被我發現再次吸毒，到最後要發出召回令通緝她。事過境遷，這個孩子透過朋友的臉書，認出我並且捎來一個口信：我很乖，生活很好，放心。

看到年輕人蛻變，找到人生的方向，真的好感動。帶實習學生也有類似的滿足感，學生也要面對自己的軟弱，跨越黑暗面，在短短的實習期急速成長。當我們批評年輕一代不夠長進時，我們也要撫心自問，有沒有付出足夠的耐心及鼓勵，尊重他們按個人的步伐突破自我？有沒有陪伴他們渡過生命的關口，還是冷言冷語看扁他們不會長大？

暑期實習很快就會展開，我帶着興奮的心情，期待與新一批學生見面，我其實也很期待實習期完結，收到他們的小玩意時，見到他們的蛻變，再「勞氣」也是值得。

易潔鑊

紀律部隊講求團隊精神，無論是在圍牆內，還是在圍牆外，都需要隊友的支持，不是階級代表一切，高級就可以指揮別人衝鋒陷陣，所有事情都是共同進退的。有一位拍檔，我特別上心，她的花名是易潔鑊，和她一起做監管組時特別多趣事。

剛開始合作時試過一起坐巴士去探訪個案的當事人，途經鐵路站她突然彈起來下車，跟我說再見後就加快腳步消失於人流之中。巴士關門後，我思前想後一直記不起她有什麼要事，以致匆忙地拋下我這位老闆……

無論如何，我相信她是有分寸的人，可能遇上緊急家事才會「跳車」。一個小時後，我完成了探訪工作，但還未收到易潔鑊報平安，忐忑之際打電話給她：

「喂，老闆？」

「嗯，你還好嗎？有沒有什麼要幫忙？」

「噢……沒什麼，我還可以……」

「你不要客氣，有什麼需要請假，告訴我！」

「老闆，我在買餸，不用請假吧？」

「什麼？買餸？你跳車為了買餸？」

「收工買餸有什麼稀奇……咦，現在幾點……天啊！原來還未下班！」

「對，剛才四點跳車時未下班，現在五點你繼續買餸吧……」

「天啊！Sorry Madam!」

自始之後，她稱呼我「老闆」，我叫她「腦細」。易潔鑊有很多經典場面，例如看着我聚精會神地打電腦，她會鬼鬼祟祟地把文件「攝」入我那堆積如山的檔案中，讓我不經意地幫她完成了「功課」。她會在我放假時，打電話給我查詢如何坐輕鐵，一個半小時後再聯絡我，她在天水圍迷路，人在濕地公園……

又有一次她放了大假後第一天復工，我們乘車的時候要交待個案最新發展。說着說着她忽然拉長了臉：

「老闆，不要說了，我暈了！」

「腦細啊！你放了大假，期間發生了很多事，我都暈了！」

「不是我想……是我真的暈了……」

易潔鑊突然暈倒在車廂內，要送醫院救治。好在她只是虛弱，沒有大礙。上救護車時被問幾多歲，她帶着氧氣罩，手指着我，人家望着我打量，估計是個二十多歲女子暈倒……她立刻大笑醒了過來。我翻着白眼向救護員報告：「她五十歲了……」易潔鑊擺出勝利的手勢，高高興興的入院。

這個拍檔冒失、不懂電腦文書、不懂看地圖，不過她是我的得力助手。她能夠和年輕人混熟，扮演慈母的角色，當年輕人怕了我這個「嚴父」，就會向她訴說心聲，和盤托出她們的壞主意，她聆聽年輕人的心事之餘又能掌握情報。我們一唱一和，一鬆一緊，就像父母互般相協調，全面了解年輕人的動態，更有效地幫助她們改過自新。

拍檔有很多種，有建設性的關係包含幽默感、信任，加上互相欣賞、互補體諒，這種合作伙伴會讓工作變得輕鬆，變得有趣。大家不妨想想，如何把愉快的拍檔關係延伸到婚姻，與配偶合作管教好孩子。

曉以大義

不怕生壞命，最怕改壞名，久不久我們和同事就會數一下手頭上的個案，點算一下今季最「黑仔」名字有什麼。有一些名字曝光率特別高，例如有段時間試過「彤」字旺場，新判入院所及發出的通緝令，名字有這個「彤」字的人佔了三分之一，有陣子是「霖」，有時是個「曉」字，真是一期一會。

剛巧有兩個阿妹的名字都有一個「曉」字，她們觸犯不同的案件，但是歲數一樣，喜好也差不多，而且都是我的個案，最低限度可以討論我這個凶神惡煞的彭主任，有共同話題就自然變成了孖公仔、監獄內的閨蜜了。大曉細曉都有一位嚴父，但為口奔馳，管教責任均落在慈母身上。而慈母們又剛巧都是低學歷的全職家庭主婦，在傳統男尊女卑的婚姻裏，除了打扮、溺愛女兒，其實沒有教育她們如何用功讀書，闖一番事業。

買衣服、買手袋，初中時，大細曉就已經跟媽媽去做 facial 修指甲，問她們學校怎會批准塗指甲上學？她們吐吐舌，反正就是最壞的學生，操行成績已經差到不可能再扣分。她們就是典型被縱慣了的女孩子，幸福快樂地度過了無憂無慮的童年，然後學壞了，跟着朋黨混江湖，兩朵溫室小花立即觸礁被判監了。

監管期間都是由爸爸出面和我聯絡，很少見到媽媽。可能是「前世情人情意結」，兩位爸爸都特別心痛特別緊張，但又無可奈何，除了怪責老婆沒有好好管教，兩個大男人其實都拿女兒沒辦法。

他們因為女兒而認識，交換電話私下保持聯絡，有別於學校家長那種成立群組跟進功課的心態，這兩個爸爸都有些私心：覺得對方的女兒比較壞，擔心自家寶貝近墨者黑，所以表面君子實際小人，透過父親之間互相監察。我看着父親們絞盡腦汁，真替他們兩個感到辛苦。

果然不出父親們所估計，女孩子離開院所之後接受一年監管，她們兩個相約一起去吃喝玩樂，而且會通風報信，互相告知對方有關我和拍檔的行蹤，會互相包庇，協助對方完謊，總之，就是「金蘭姊妹聯手抗敵」——我就是那名世紀大壞蛋！

兩個爸爸雖然有互相監察，但面對我的質詢時，他們都指責是對方家長不善管教縱容女兒，一切都是別人的錯。故事沒有大團圓結局，兩個女孩因觸犯監管令，先後被我多次通緝召回院所，其中一個女孩更再次犯法被重判，另外一個女孩意外懷孕，聽說被家人送往海外，嫁給一個比自己年長二十年的男人，算是有個「好」歸宿。

「曉」是天光亮的時候，從名字可以看到父母期待孩子的來臨，期望孩子聰明伶俐，對孩子充滿希望。但是沒有親子教育，名字再有意義也是枉然，父母要曉以大義，把握機會說道理。打扮修甲沒有問題，但要教會孩子愛惜身體，把自己看得重要一點、矜貴一點，才會潔身自愛。遵守學校規則是學習在社會尊重法治的基礎，明目張膽地犯校規，最後難免以身試法。當子女犯錯，父母互相推卸責任或是怪責別人，子女學到的也只會是委過於人。「曉」的美意，遺憾地錯失了。

懲教家鎖──父母遺忘的邊緣孩子

作者：彭梓雅

出版經理：林瑞芳

責任編輯：周詩韵

協力：楊凱欣

封面及美術設計：藍河創作有限公司

出版：明窗出版社

發行：明報出版社有限公司
香港柴灣嘉業街 18 號
明報工業中心 A 座 15 樓

電話：2595 3215

傳真：2898 2646

網址：http://books.mingpao.com/

電子郵箱：mpp@mingpao.com

版次：二〇一九年六月初版

ISBN：978-988-8525-82-9

承印：亨泰印刷有限公司